# 同怀

## 鲁迅与
## 中国共产党人

阎晶明 著

江苏凤凰文艺出版社

JIANGSU PHOENIX LITERATURE AND
ART PUBLISHING

图书在版编目（CIP）数据

同怀：鲁迅与中国共产党人 / 阎晶明著. —南京：
江苏凤凰文艺出版社，2024.7
ISBN 978-7-5594-8624-0

Ⅰ. ①同… Ⅱ. ①阎… Ⅲ. ①鲁迅研究
Ⅳ. ①I210

中国国家版本馆 CIP 数据核字(2024)第 086773 号

# 同怀：鲁迅与中国共产党人

阎晶明 著

出　版　人　张在健
责 任 编 辑　李　黎
特 约 编 辑　王晓彤
责 任 印 制　杨　丹
出 版 发 行　江苏凤凰文艺出版社
　　　　　　南京市中央路 165 号，邮编：210009
出版社网址　http://www.jswenyi.com
印　　　刷　苏州市越洋印刷有限公司
开　　　本　880 毫米×1230 毫米　1/32
印　　　张　7.75
字　　　数　124 千字
版　　　次　2024 年 7 月第 1 版
印　　　次　2024 年 7 月第 1 次印刷
标 准 书 号　ISBN 978-7-5594-8624-0
定　　　价　55.00 元

# 目　录

# 代序：一个重要的侧影

## ——"鲁迅与中国共产党人"系列写作的自我问答

二〇二二至二〇二三年，我发表了大约十篇系列文章。它们有一个共同的话题：鲁迅与中国共产党人。关于自己为什么要写这一系列的文章，有些话确有说一下的必要。有些问题是自己也要问的，那也就只有自己来一问一答了。

**问**：鲁迅研究有那么多可以自己从头说、接着别人说的话题，都有过哪些计划？

**答**：的确是这样。鲁迅之为鲁迅，就是任何一个话题，哪怕是一个小点，都可以继续说下去，而且可以从一个小切口打开一个大世界。写完关于《野草》的专书之后，我的本来打算是，写一部关于鲁迅小说的系列研究专书。连书名都想好了：《鲁迅小说全解》。在汗牛充栋的鲁迅小说研究里,添不添我的这一块砖,既不显多也不显少,只是自己觉得有话想说而已。这方面其实也有过一点尝试。二〇一九年,《孔乙己》发表一百周年,我在《作家》杂志上发表了一篇关于《孔乙己》的长文,其中不但想表达一点自己的观点,还想把百年来关于这篇小说的研究也来个综述。二〇二一年,《故乡》发表一百周年之际,又在《南方文坛》发表了同样类型的文章。个人感觉,这样的写作也还是有一点价值和意义的。毕竟从事当代小说评论这么多年,又想在现代文学研究上做些新的努力。可以借助当代小说的批评方法,结合现代文学的研究,来说一点自己看法。我的想法是,照这样的思路逐篇写下去。

**问**:那为什么不一鼓作气写下去呢?

**答**:但是,你以为你能"概全"一个话题么,那是不可能的。比如《孔乙己》,二〇二三年初,关于这一小说人物的讨论,尤其是聚焦"长衫"这个话题,网络上展开了热烈的讨论。这是鲁迅研究界完全没有预想,也非研究界促动的。它是自发式的。这些讨论并不着眼于鲁迅小说研究,而是涉及与当代青年的命运和思考相关的热议。而这些讨论反过来也为鲁迅小说研究提供了新的视角。我也因此更加意识到,关于鲁迅研究,急不得也不用急,永远在路上,谁都不可能终结哪怕任何一个话题。所以在动手准备关于鲁迅小说系列读解的同时,完全可以开启一个别的课题。这就可以说一说"鲁迅与中国共产党人"的系列写作了。

**问:**是啊,为什么要写这么一个系列呢?"鲁迅与中国共产党人",这是一个鲁迅研究必须要面对的话题么?

**答:**这个系列的写作有不止一个缘起动因。我先说具体的。二〇二一年,全国政协开展委员读书活动,我被要求高频率地参与,甚至要求在读书平台上为委员们讲一讲文学,讲一讲鲁迅。讲鲁迅? 关于鲁迅的小说、杂文、散文诗么? 如果没有比较深入的阅读为前提,这样的讲述是不适合的。那就不如讲一点关于鲁迅又不限于文学,尤其不限于具体作品的话题。我当时正在阅读和关注一个话题:鲁迅与方志敏。因为方志敏的狱中文稿在送出过程中关联到鲁迅。深入其中会发现,这一事件原来有着说不完的故事,有需要不断梳理清楚的线索。我想,如果把这样的故事讲给并不专门从事文学,但都有相应知识以及兴趣的文化人,是不是也还有点意思呢? 从此开始,就有了相关的延伸。鲁迅与陈独秀、李大钊、瞿秋白,他们之间都是有过现实交往或共事经历的,可说的故事足够多。鲁迅与毛泽东、周恩来,虽然没有现实往来,但从神交意义上讲,一样也有可供言说的话题。就这样,一边搜罗资料,一边寻找讲述线索,以一次一个话题的方式进行了讲座式的交流。也是在这一过程中,我意识到,可以沿着这个线索一直走下去,索性写成一个系列的文章。

**问**:那还有什么缘起及动因呢?尤其是在研究与写作的必须性上。

**答**:鲁迅研究的一个重要特点是,它几乎是与鲁迅这个名字的出现同时开始的。超过一百年的鲁迅研究史,经历了多次整体性的翻转。就以我自己开始专业学习算起,这种翻转也不止一两次。从二十世纪八十年代开始,要把鲁迅拉下"神坛"的声音不时出现。从积极的意义上讲,就是要求将鲁迅首先视作一位文学家,由此来延展研究他的思想和现实斗争。人间鲁迅,是对鲁迅所应处在的位置,他所具有的生动性、亲近感的强调。由此往后发展,鲁迅身上被挖掘出来的"烟火气"越来越重,有时离文学都有点远了。原来那个被认为是"神坛"上的鲁迅形象,的确被改变了。与此相随的是,与"神化"鲁迅关联度比较直接和紧密的话题,也不再被强调,甚至有不被列入研究范畴的趋向。这其中就包括鲁迅与同时代政治人物的关系问题。而我认为,这是一个不应该被忽略的视角。鲁迅绝不是一位"纯文学"作家,他的思想,他的社会实践,他的创作,与他所处的时代生活,有着非常紧密的内在的联系。从社会生活的层面上,鲁迅与同时代的很多人物,包括一些政治人物,有过这样那样的交往和关联。在今天研究这些话题,不但不过时,反而有需要强调的必要。至少我自己认为,在鲁迅研究不停地翻转的过程中,这一话题可以起到制衡作用,有助于理解多侧面的鲁迅。于是我就决定,在那些零散的资料基础上进一步挖掘,写出一个关于"鲁迅与中国共产党人"的系列文章。经过两年多时间的努力,这一目标竟然实现了。尽管完成度上自己还没有把握,但集合起来看,仍然觉得值得欣慰。

**问**:"翻转",一个有意思的词。

**答**:的确。但这不是我的发明,我是得自于朋友郜元宝,他在为我的《鲁迅还在》写书评时使用了这一概念。这个词给我留下深刻印象。我觉得它特别能说明问题。

**问**：谈一谈这个系列完成之后的感悟吧。

**答**：我更愿意说这些是"写作"而成的"文章"，不敢认定也确实不是"研究"而出的"论文"。我要求自己，要以一种严谨的学术的态度去进入。在这个意义上，我是把它们当成"课题"来对待的。每论必须要有出处，有根据，决不做妄猜、漫议式的评价。努力占有自己所知道、能找到的资料，尽力对这些材料进行阅读、梳理，按照自己的思路串接起一个明晰的线索。在写作的过程中，我并不想以论文的格式来处理，而是从某个话题入手，在讲故事的过程中，提出问题，探讨其中所涉及的话题。这些文章因此有点不好归类，论文、随笔、散文，都有点像，又都不完全是。它们基本上都发表在文学刊物上，读者对象也非专业研究者，所以写作过程中也需要做适度调整。从结果上看，我以为这样的写作还是有效的。在学术上有多少新意和价值不敢说，或者说可能也不大，但毕竟为文学读者提供了一个认知角度，让大家对这样的话题产生可能的兴趣，认识到其中的意义和价值，进而对鲁迅研究的多侧面有更多了解。

**问**：但毕竟是在研究基础上的写作吧。根据你的研究，有没有什么集中的特点和结论告诉读者呢？

**答**：是的，的确还有那么一些直接可以说出的特点。从交往的共性上讲，神交，是鲁迅与中国共产党人之间关系的比较集中和突出的特点。而这种神交的意义和价值，正在于鲁迅与中国共产党人有一种精神上的相通相知，对中国历史、中国现实、中国革命、中国未来，他们可能会使用并不相同的概念以及表述，但精神上的相通和认知上的相近与吻合，却经常可以让今天的我们同样读到。可以借用鲁迅写给瞿秋白联语中的一个词来形容这种相通与相知，那就是：同怀。鲁迅和毛泽东、周恩来是没有过现实交往的。鲁迅曾经通过冯雪峰向他们转赠过书籍，但鲁迅在世时，跟他们两位应该没有哪怕间接的交流。鲁迅与方志敏显然没有过任何现实交往。方志敏将狱中书稿转送出去，并希望交到鲁迅手中，应当是出于他年轻时热爱文学，并有幸同鲁迅在上海的同一家报纸上发表文学作品，进而对鲁迅产生的敬仰和信任。在我所写到的几位人物里，瞿秋白与鲁迅往来最密切。"人生得一知己足矣，斯世当以同怀视之"，这样的友情表达在鲁迅那里是十分罕见的。李大钊也应该是和鲁迅有过现实交往的人物，鲁迅对他的形象描述，说他"有些儒雅，有些朴质，也有些凡俗"，如果没有生活中的往来是很难那么准确的。但是，鲁迅与陈独秀是否真的见过面，其实还有待考证。鲁迅日记、书信,包括文章,均未直接提到过与陈独秀见面。如果在北京《新青年》时期见面,应该会有文字痕迹。陈独秀也未曾就此做过说明。我阅读了孙郁著《鲁迅与陈独秀》等书,不但没有找到关于他们二位见面的描述,还进一步加深了我对两人并未见过面的印象。

**问**:"神交"而又"同怀",这也真是一件既让人感到好奇、有趣,又让人感动的事了。

**答**:是的。"神交"看上去是个局限。但是,当我们讨论两个在历史上产生过重要影响的人物之间的关系时,又何必把现实中的实际往来当作最主要依据呢?二十年前,我写过一本小书:《鲁迅与陈西滢》。其实,鲁迅与陈西滢虽同居一城,见面却几乎没有。似乎是在某个公开场合有过一次碰面,相互示意过而已。但他们之间的笔墨官司那样密集,足以让人有说不完的话题。这当然也可以说成是一种神交,即文人之间的交往,应以文字为要。

我在写作这个系列时,也是逐渐清晰"神交"这样一个趋于共同的特点。鲁迅逝世后,毛泽东、周恩来对鲁迅的公开评价很多。鲁迅在世时,他们其实是有机会见面、通信或"捎话"的,却几近于无。只有冯雪峰的记述里,可以见到毛泽东对仍然在世的鲁迅有过评说。这其中究竟潜藏着怎样的玄机，倒是引人遐想的事情。鲁迅与并不熟悉的陈赓见过面，而且有过比较深入的交谈。陈赓还留在鲁迅寓所用过晚餐。但由于陈赓军事人物的特殊身份，鲁迅日记里对这样的见面没有任何记载。这也给后来者留下了一个谜题：陈赓到访鲁迅，究竟是一次还是两次。仿佛至今都没有定论。当然，倾向于见过两面的似占主导。

总之，即使不讨论主题，仅就鲁迅与这些人物之间直接的、间接的往来，实际的交往抑或纯粹的"神交"，都是值得打开、众说纷纭、饶有兴味的话题。

问："神交""同怀"显然是这部书稿的关键词，那是不是可以说，也是这次写作的发现呢？

答：不是我的发现。在此之前已有一些文章，特别是党史研究者从"神交"这个角度切入，得出"同怀"这个结论。但我的确是通过自己的阅读、领悟，从而深切地感受到这一切。或者说是自己的感受正好在别人那里得到了印合，或者是自己的阅读印证了这一切。早在二十世纪八十年代，丁玲曾经为罗高林的《鲁迅与共产党人漫记》作序，其中一段话深得我心，特别能说明问题。她写道："鲁迅和党的关系，只要如实地把事实记录下来，就可以说明一切问题了，不需要做任何的添加。如果有谁认为，鲁迅与党的关系，并不是怎样理想、怎样美好的，而有待于他来添加一些虚构的材料才行，那么即使撇开写作道德这个大题目，单就对鲁迅和党的理解来看，也表明他不具备写这方面文章的基本条件了。我这里说这些，并不是无的放矢。近年来，确实看到有人添加虚构的故事。比如说吧，毛泽东同志对鲁迅的评价早已写在《新民主主义论》等著作中了；鲁迅在他的著作中也公开宣称，能够引毛泽东先生们为同志，自己的光荣。他们两人间的这种关系，并不会因为两人生前是否见过面而有所增减。他们都是伟大的历史人物，他们的历史地位是早已由他们各自的业绩而确定了的，并不会因为是否见过面而有丝毫变化。不知道为什么有人一定要殚精竭虑虚构出一个故事，说毛泽东曾经去访问过鲁迅，为此还争辩不休。在延安时，我有时也有和毛泽东同志谈话的机会，谈过上海的左翼文艺运动，也谈过鲁迅，但从来没有听见他讲起见过面的事。假如见过面，我想总会有一次要提到的。当然，我那时也没有正面问过他。我不问，正好是因为我认为不必问，不成问题，这里不存在任何需要询问的问题。"说得太好了。如此清晰坚定地阐释了我想要说的话。"不成问题",就是对纠结于现实交往有无或多少的争论的最好回应,也是对"同怀"境界的最好注释。

**问:**讨论鲁迅与中国共产党人之间的关系,从认识鲁迅的角度讲,有什么意义呢?在今天,这样的研究还仍然是认识鲁迅的一个重要的侧影么?

**答:**当然,而且我觉得,这样的讨论在当下不但必要,而且非常重要。理清楚他们之间的关系,毫无疑问是认识鲁迅的一个重要的侧影。我前面说过,由于鲁迅研究在总体趋势上出现的几次翻转,关于鲁迅与一些政治人物的关系研究,受重视程度不高。在鲁迅研究里算不上是热门话题。但我以为,其实这是一个认识鲁迅非常有价值的侧面。将鲁迅放置到他所生活的特定时代,观察他多方面的社会活动,可以见出鲁迅在某一特定时代和特定环境里所处的位置,所发挥的作用,他在同时代人物心目中的地位和影响,等等。比如,考察鲁迅与李大钊、陈独秀的关系,也可以更清晰地知道鲁迅在《新青年》这个团体中出现的时间,所发声音的力度和传播力。寻找鲁迅在世时毛泽东、周恩来对鲁迅的关注和评价言论,知晓他们阅读鲁迅作品的广度深度,可以深化鲁迅对当时社会所产生影响力的认识。而方志敏这样与鲁迅从未谋面,鲁迅甚至未必对其有哪怕"神交"意义上的认知,方志敏却希望把自己的狱中文稿托付给鲁迅,这种天然的信任和期望,读来真是让人感动。当然,方志敏狱中文稿的传送本身又是一个相当复杂且不无惊悚的故事。我正有另一个计划,就是把这一历程以讲故事的方法记述下来,让更多的人尤其是青少年读者知道,《可爱的中国》等文字背后,原来还有这么多曲折、生动,令人感佩的故事。而鲁迅和瞿秋白之间近乎忘年交的深厚情谊,让人感动处甚多。而且我们还必须得说,鲁迅视瞿秋白为知己,并非只是意气相投,才情互赏,实在还有共同的事业可以合作,因而互相依赖,互为支撑。从对"左联"的领导到杂文写作上的联手,再到文学翻译上的切磋互通,从瞿秋白对鲁迅杂文的知己般认知和精准评价,到鲁迅为瞿秋白整理、编辑翻译文稿,每一桩每一件,都可以让人感受到他们之间的友情浓度。陈赓和鲁迅,尽管二人见面并非是老朋友式的叙旧,而是一个军事家向一个文学家讲述战场上的故事,一样可以见出大家对鲁迅的信任、期望,以及鲁迅本人的诚意和热诚。这些故事的背后,闪现着一个别样的鲁迅,同时也仍然是我们熟悉的鲁迅。认识鲁迅与中国共产党人之间的往来关系,对于更全面地了解鲁迅生平,认识鲁迅思想,了解鲁迅对中国革命的态度，以及他在文学创作上试图做出的努力，都是非常有帮助的。而这样的视角，之前的研究，包括鲁迅传记中，所涉相对较少，这些年对鲁迅关注重点的不断转移，也使这样的话题研究相对较少。在这个意义上说，我认为重新讨论这些话题，不但是有意义、有价值的，同时也可以说是应当及时展开的。

**问**：那除了对这些"人际关系"的探讨，还有什么你认为需要纳入的话题呢？

**答**：肯定有。不过我个人受限于学力和研究的可执行度，主要以人物之间的关系描述为主。另外也完成了一篇文章，讨论鲁迅著作尤其是《鲁迅全集》的编辑出版过程中，中国共产党尤其是中共领导人在其中所发挥的作用。写这篇文章的起因是，二〇二一年鲁迅诞辰一百四十周年之际，人民文学出版社举行了关于《鲁迅全集》出版座谈会。那天的会议，参与过一九八一年版、二〇〇五年版《鲁迅全集》编辑、注释工作的多位学者参加。我在会上做了一个简短发言，要义是，应当重视并且研究中国共产党在鲁迅作品尤其是《鲁迅全集》编辑出版过程中的作用。这样的研究不只是为了讨论谁的功绩大的问题，而是通过八十多年来《鲁迅全集》出版的历程,探讨作为文学家的鲁迅,其作品的编辑、注释、出版,何以从一开始就成为"国家行动"。鲁迅作品的经典化其实是从鲁迅在世时就开始的。

问:那你觉得还有哪些是应当纳入,目前你却没有涉及的内容呢?

答:我写到的几位人物,都可以和鲁迅建立起某种"对应关系",并能得出关于鲁迅生平、思想以及社会活动的经历和故事。所涉及的,也都是在中共党内有重要地位、在党史上产生过重要影响的人物。事实上,鲁迅晚年与有着中共党员身份的人物在现实往来上可以举出很多,比较集中的如"左联"的艺术家就是一个长名单。在当时的中共领导人当中,他与李立三、陈云也都有过见面,我在文章里也曾有提及。鲁迅同冯雪峰这样连接着延安与上海的党内重要人物,无论是在文学上还是其他社会活动方面,往来都十分密切。冯雪峰在一定程度上就是毛泽东等中共领导人与鲁迅之间的"传话人"。我的系列文章差不多每一篇都引用了冯雪峰的论说和回忆文字,也因此就没有专篇来写。如果今后材料积累再充分,这样的评述也一样是必要的。而且,即使我在文章中写到的一些情形,如鲁迅给延安发贺电究竟是怎么一回事，有关专家的讨论仍然没有定说。这样的话题单拿出来，一样可以做一篇大文章。这也是我唯一能安慰自己的正当理由。我尽力完成自己目前能完成的，并相信会有更多人来参与到相关话题的研究中，使之成为鲁迅研究中值得深入开掘下去的课题。

问：在写作这个系列的过程中，发现有哪些已有成果可以借鉴？

答：这方面的资料其实还是很多的。七卷本的《冯雪峰文集》里，有大量给人启思、可以佐证的文章，包括那些访谈实录，有很多是珍贵的一手资料。在整个写作过程中，这些资料几乎是始终伴随在手头的读物。鲁迅研究的各种资料汇编里，也可以找到与话题相关的各类文章。写作过程中引用了多位专家学者已有的成果，对此我真的心存感激。与之相关的专门著作读过一些，比如秋石关于毛泽东与鲁迅的专著，朱正的《鲁迅的人际关系》，罗高林的《鲁迅与共产党人漫记》，王锡荣的《鲁迅生平疑案》，孙郁的《鲁迅与陈独秀》，等等。陈漱渝、张梦阳等鲁迅研究专家，以及多位党史研究者相关话题的文章，都给了我程度不同的启发和帮助。

**问**:其中的引用都是正面摘引,并没有进行过商榷,是么?

**答**:是的。基本上都是用来助力的引用。我自觉对相关问题的研究还不够深入,还提不出证据确凿的商榷性意见。当然,对一件事情的种种歧见中,自己总要做出倾向性的判断,虽非大是大非,但也要在谨慎中表明态度。比如,关于鲁迅与陈赓究竟见面一次还是两次,还真不是数字上的一和二的区别。这其中涉及很多有趣的、意味深长的分歧。比如楼适夷对"两次说"的坚持,冯雪峰对一次才是事实的强调,就颇有值得玩味处。

很多细节如若打开,都有可能无止境地讨论下去,而且分枝频出。比如在讨论《鲁迅全集》出版史略时,谈到过邵力子在其中所起的作用。可以说,那是一种概述式的写法,主要强调了邵力子其实同时也拥有共产党人身份,所以不能把他为《鲁迅全集》做的工作都视作是国民党当局的作为。近日读到学者北塔的文章,专门讨论邵力子究竟为《鲁迅全集》的初版做过哪些实质性工作,更觉这是一个很复杂的、需要深入厘清的话题。

**问**:那么,就不能对这些已经感觉到复杂纠缠的问题,继续追究下去么?

**答**:当然可以。假以时日,再容"我辈复登临"吧。我希望读者诸君能从目前这个系列中获得一点有益的东西，甚至因此有热情对相关的话题持续关注下去。如果真能如此，那也是作者和读者之间以"同怀"之心，共同开启的一次"神交"之旅了。但愿如此。

# 深刻的理解　深切的同情

## ——鲁迅与陈独秀

记得大约是四年前，好友郜元宝教授为我的小书《鲁迅还在》写了一篇热情而专业的评介文章，我从中学到了一个词：翻转。的确，新时期四十多年来，鲁迅研究的风潮几经翻转，本身就构成了一个研究话题。其中最大的一次翻转，自然是经历了较长时期"神话鲁迅"的推波助澜之后，鲁迅形象逐渐向人间回归，"人间鲁迅"成为从专业研究到大众阅读的普遍诉求。这是一次自觉而公认的翻转，从研究者的观念到态度，从研究鲁迅思想到解读鲁迅作品，这种翻转的整体性是新时期鲁迅研究最基本、最重要的看点。其实郜元宝的文章已经指出了这一翻转过程中出现的种种现象。我现在不妨沿着这一思路谈一点看法，当然只是个人之思了。简单而直接地说，在"人间鲁迅"正在替代"神话鲁迅"而成为鲁迅形象的主流认知过程中，关于鲁迅以及鲁迅研究又势必出现另外一种情形，即鲁迅形象的过分世俗化甚至庸俗化倾向。鲁迅生平的另一面，即与政治人物的交往及其中的故事，其中必然含有的意义和价值，有意无意被淡化了。时至今日，无论从鲁迅生平还是思想研究的角度，重新梳理、描述、研究鲁迅人生中的这些经历，似是必须。

时至二〇二一年，一部名为《觉醒年代》的电视剧引发无尽的话题。而鲁迅形象的出现，鲁迅与当时一批风云人物的往来，成为诸多话题中的热点之一。鲁迅在剧中并不多的戏份却引出众多讨论和热议，可见鲁迅在当代社会的"民意基础"非常厚实。探讨鲁迅与中国共产党人的关系，于是成为我想试着一做的课题。开掘进去发现，内里的世界十分广大，其中的种种关联极其复杂，亲历者的回忆时有抵牾，后来者的解读多有歧义。我的学术准备非常不足，但深感这是一个仍然需要深入发掘的世界。我有意从中选择有代表性的案例，看看从中可以打开怎样的观景。

首先想要述说的，是鲁迅与陈独秀。

# 相遇相识的从无到有

　　鲁迅与陈独秀，这是一个初看似乎轻松，实则十分艰难的话题。在通常的认识中，鲁迅的主要角色是文学家，陈独秀则是政治上的风云人物。他们在"五四"新文化运动中相遇，在后世人的印象中，基本处于双峰并峙的地位。有时候，我自己的阅读经验也会出现这种"自动分类"又难以周圆的差异。比如对于"五四"新文化运动，研究文学的人把鲁迅视作"五四"新文化运动的主将，是第一人，是最高峰。研究历史和政治的人们，谈及最多的"五四"人物，可以说首推陈独秀。那他们二人在当时究竟各自发挥着怎样的作用，二人关系究竟如何，后世评价应如何掌握分寸以尽可能不失公允，这些话题是极为复杂而纠缠的。

　　谈"五四"，最离不开《新青年》，陈独秀是《新青年》的创办者，陈独秀的足迹所至，基本上就是《新青年》的办刊地。而鲁迅走上文学道路的起点，正是《新青年》。他们二人哪一个对于"五四"新文学甚至"五四"新文化的贡献最大暂且不谈，且来看一下二人在现实当中的交往吧。从事实出发，或从事实的有无出发。

鲁迅与陈独秀有过现实的交往么，这个看似不成问题的问题，其实也是可以讨论的。

　　创办于一九一五年的《新青年》，最初叫《青年杂志》。从第二卷起改名《新青年》。一九一七年，随着陈独秀应蔡元培之邀从上海北上，在北京大学任文科学长，《新青年》的办刊地点也迁到了北京。所有这些事，对于当时还在教育部上班，回到住处就是在夜灯下"钞古碑"打发时光的鲁迅来说，并无直接关系。然而正是这一变故，为鲁迅在文学上的爆发埋下了伏笔。陈独秀当年到北大任职，既无头衔、又无教学经历，还要带《新青年》同来，却"拗不过"蔡元培的力邀，于是答应"试干三个月"，胜任则继续，不胜任就回沪办刊。而这一切就发生在蔡元培任北大校长仅仅十天之后。从那之后，李大钊、胡适、钱玄同、刘半农、周作人……这一个个响亮的名字或"转正"、或"升职"、或"加盟"，出现在蔡元培的"团队"名单中。因为鲁迅是教育部的公务员，按照规定不可以到大学任教，虽然周作人是经他推荐进入北大的，鲁迅自己却直到一九二〇年才获得兼职机会。周作人是鲁迅之弟，钱玄同是陈独秀的得力助手，于是周、钱二人就成了陈独秀与鲁迅之间的牵线人。

　　有谁能想到，《新青年》这份陈独秀的"私家"刊物，本来是吸引人才的附加条件，反倒成了一批知识分子、文化名人的聚集之地。对社会公众来说，与其说这些人都是北大的，不如说他们都是《新青年》的。这不，热心的编辑钱玄同就上门来找鲁迅了。

据说那时节钱玄同总往绍兴会馆跑，目的就是向鲁迅约稿。比如一九一七年八月九日这天，鲁迅日记记述北京城"大热"，而"下午钱中季（即钱玄同——本文注）来谈，至夜分去。"这个月的二十七日，又有"晚钱中季来。夜大风雨。"九月份虽然不见钱玄同到访，但二十八日和二十九日却记有二人书信往来。到了十月八日、十三日晚上，又有"钱玄同来"。到了年末的十二月二十三日，那一天是个星期日，鲁迅同二弟周作人到"留黎厂"（今通作"琉璃厂"）买了一堆古碑拓片及墓志铭等等，又去喝茶吃饭，且买了自己喜欢的甜点"饼饵少许而归"。日暮之后，又有"晚钱玄同来谈"。"来谈"，就很正式了吧。我猜想，说不定这就是认真来谈稿的那一次。一直到一九一八年二月九日、二十三日，三月二日，均有钱玄同来访的记录。直到四月五日，"晚钱玄同、刘半农来"。钱、刘二人同来甚为隆重，这一次应该是来取稿的，因为此后一直到作品发表，鲁迅日记里，并不见有寄稿或信给钱玄同的记录。从上一年夏夜开始的频繁而"来"，到年末的"来谈",再到年后的来催,及至四月五日携刘半农来取,钱玄同可谓是现代以来最好的、值得今天的同行业者学习的优秀编辑。当然,他无疑是陈独秀的好帮手、好助理。钱玄同后来回忆说:"我十分赞同(陈)仲甫所办的《新青年》杂志,愿意给它当一名摇旗呐喊的小卒,我以为周氏兄弟的思想是海内数一数二的,所以竭力怂恿他们给《新青年》写文章。七年一月起,就有启明的文章。"

钱玄同是十次左右的到访中哪一次将鲁迅说动,从而得到约稿承诺的,很难考证出来。但我们都知道一个著名的故事,那就是鲁迅与钱玄同的"会馆对话"。钱玄同质疑鲁迅坐在一间黑屋子里抄古碑有什么用,鲁迅则回应他并没有什么用,于是就得到对方要求和鼓励,为《新青年》来写文章。这一要求显然与鲁迅正在思考的重大命题产生了化学反应,也反映了鲁迅在个人抉择上正在进行的苦苦思索。他的难处是:

> 假如一间铁屋子,是绝无窗户而万难破毁的,里面有许多熟睡的人们,不久都要闷死了,然而是从昏睡入死灭,并不感到就死的悲哀。现在你大嚷起来,惊起了较为清醒的几个人,使这不幸的少数者来受无可挽救

的临终的苦楚,你倒以为对得起他们么?

钱玄同的回答是:"然而几个人既然起来,你不能说决没有毁坏这铁屋的希望。"

钱玄同的答案鲁迅不是没有思考过,他的难点是不知道哪一个的"效果"更好。这番对话让鲁迅下定了两难中的抉择:"我虽然自有我的确信,然而说到希望,却是不能抹杀的,因为希望是在于将来,决不能以我之必无的证明,来折服了他之所谓可有,于是我终于答应他也做文章了,这便是最初的一篇《狂人日记》。从此以后,便一发而不可收,每写些小说模样的文章,以敷衍朋友们的嘱托,积久就有了十余篇。"(《呐喊·自序》)

一九一八年五月,《新青年》第四卷第五号发表了鲁迅的第一篇白话文小说《狂人日记》,这是以小说之名开创中国新文学的里程碑作品。它是鲁迅的,更是中国的。《狂人日记》的意义和价值经过同时代和后世的众多诠释和推衍而不断放大。多重意义自然不是一下子就能说清楚,也不是本文的意图,但我们可以这样认为,四卷五号之前的《新青年》,对于新文学革命极尽呐喊和倡导之力,不过多是理论阐述和个人主张的表达,如陈独秀已经发表了《文学革命论》,但真正用作品说话的还很少。新诗是急先锋,而那个时期的新诗重在打破旧体诗的格式,主题立意上还未达到全新的地步。与《狂人日记》同期发表的,有胡适的《论短篇小说》,这种"论",在今天看来革命性似乎并不够,多是以短篇从生活"横截面"来谈艺术上的特点。同期也发表了鲁迅以"唐俟"笔名写下的三首新诗《梦》《爱之神》《桃花》,其价值也同胡适的《尝试集》大体相同,重在破坏一下旧体诗的格调,刺激一下"诗坛寂寞"的状况,属于"打打边鼓,凑些热闹"的行为。《狂人日记》以思想上的批判性和战斗性,艺术上的创造性和现代性,开启了中国新文学的真正序幕,成为现代文学的第一次"实绩"证明。这一意义对鲁迅和《新青年》同等重要。

《狂人日记》的发表也成了陈独秀和鲁迅交往的真正开端。从那以后,鲁迅成为《新青年》的重要作者。此后的三年多时间里,鲁迅在《新青年》上共发表作品五十四篇,其中小说五篇,新诗六首,杂文及随感录二十九篇,译文等其他文章十四篇。《狂人日记》之后的四篇小说,分别是一九一九年四月第六卷第四号的《孔乙己》,五月第五号的《药》,一九二〇年九月第八卷第一号的《风波》,以及一九二一年五月第九卷第一号的《故乡》。一九二〇年一月陈独秀和

《新青年》杂志离开北京去上海,可以说,鲁迅的前三篇小说《狂人日记》《孔乙己》《药》是陈独秀与鲁迅同城工作生活期间发表的作品,待到《风波》和《故乡》发表时,陈独秀已经南下,《新青年》的编辑、出版和发行都进入了不确定时期。

发表《狂人日记》后,鲁迅打开了发表文学作品的通道,激发起了更高的创作热情。事实上,《狂人日记》更符合《新青年》的革命性要求,《孔乙己》和《药》在主题表达上的深邃、多重和曲折,可能还不是立刻就能被纳入到文学革命的阵容中。鲁迅对"国民性"的思考,对同时代的革命者来说也有个接受的过程。但鲁迅同时在《新青年》上发表了多篇随感录,这些随感录则是直接和强烈呼应着新文化运动的潮流,与同时期发表随感录的其他人物如陈独秀、钱玄同、刘半农、周作人等步调一致。有些我们熟知的鲁迅文章,如《我之节烈观》《我们现在怎样做父亲》等,就发表在《新青年》上。可以说,鲁迅在随感录上表现出的是一种革命性的自觉,而在小说创作上,则既是"听将令"的"遵命文学",同时也十分自觉地保持着对思想性和艺术性的追求。

无论如何,陈独秀这位"'五四'新文化运动的总司令",鲁迅这位"'五四'新文化运动的主将",就这样因文学或曰文章而结缘。很难想象,如果当初没有蔡元培答应陈独秀带着《新青年》北上这个条件，没有钱玄同这位好编辑"十顾"绍兴会馆这种执着，鲁迅的文学道路会是怎样一种情形；也很难想象，没有鲁迅成为重要作者之一的《新青年》，在当时的影响和后来对它的评价会是什么样的状况。

## 见面的有无：总需"中转"的交往

应该说，钱玄同是受陈独秀的委派去向鲁迅约稿的。陈独秀对鲁迅写作才华的信任究竟从何而来？要知道，《狂人日记》之前的鲁迅，主要还是教育部的普通公务员，并没有什么作品发表。这应当归功于周作人这位亲兄弟和钱玄同这位老朋友。周作人是鲁迅举荐到北大任教的，周作人自然知道鲁迅才华和学识的段位。现在要讨论的是，陈独秀作为主编，似乎从来没有直接、亲自向鲁迅约过稿。开始时肯定是因为自己并不认识鲁迅，通过周作人又太方便、无障碍，钱玄同又极热情，并用不着自己出面。其次的原因应该是，陈独秀其时忙得不可开交。他既是北大的文科学长，执掌半壁江山，又要投入杂志的编辑，还要亲自上手写头条文章，更要参与许多社会活动，从事政治活动。约稿这种事完全可以依靠友朋进行。

一九二〇年三月十一日陈独秀致信周作人时说:"我们很盼望豫才先生为《新青年》创作小说,请先生告诉他。"一九二〇年九月二十八日。陈独秀在致周作人的信中又写道:"你尚有一篇小说在这里,大概另外没有文章了,不晓得豫才兄怎么样? 随感录本是一个很有生气的东西,现在为我一个人独占了,不好不好,我希望你和豫才玄同二位有功夫都写点来。豫才兄做的小说实在有集拢来重印的价值,请你问他倘若以为然,可就《新潮》《新青年》剪下自加订正,寄来付印。"

一九二一年二月十五日,陈独秀致信鲁迅、周作人。全信内容为:

豫才、启明二先生:

《新青年》风波想必先生已经知道了,此时除移粤出版无他法,北京同人料无人肯做文章了,唯有求助于你两位,如何,乞赐复。

弟 独秀

一九二一年二月十五日

这里所说的"《新青年》风波",是指一九二一年二月,《新青年》第八卷第六号付排时,被上海法租界巡捕房查封一事。

由此可以见出,从现存的史料中,还看不到一封由陈独秀专门写给鲁迅的信。陈独秀对鲁迅文学才华和小说的激赏与赞叹,都是请周作人来转达的。只有上面这一封信是陈独秀写给鲁迅、周作人二人的,目的是约稿。因为《新青年》随陈独秀南迁,北京方面的作者渐少,陈独秀自然十分急迫。思来想去,最希望得到周氏兄弟的帮助而且定是有效帮助了。

书信往来是如此,现实中见面的机会似无记录可查。一九一九年三月二十六日晚上,蔡元培迫于压力,同汤尔和、沈尹默、马叙伦一起,在汤尔和住处讨论陈独秀问题。因为其时陈独秀受到谣言攻击,面临政治和私德双重指责,虽然当初汤、沈二人是陈独秀进入北大的主荐者,现今又成为力主开除陈独秀的主推手。陈独秀就此离开北大,并于一九二〇年一月去到上海。鲁迅是一九二〇年八月才到北大兼职讲师,讲授《中国小说史略》。所以理论上二人没有直接机会在北大见面。

最大的可能是在《新青年》编辑部。鲁迅在《〈守常全集〉题记》一文中有这样的回忆:"我最初看见守常先生的时候,是在独秀先生邀去商量怎样进行《新青年》的集会上,这样就算认识了。"既然是陈独秀力邀,那他们之间的见面是理所当然了。不过苛刻一点讲,此处强调的毕竟是借此认识了李大钊。如果陈独秀召集了会议但因故并没有出席呢?当然鲁迅写到参加《新青年》活动的并非只此一处。《忆刘半农君》一文曾说道:"《新青年》每出一期,就开一次编辑会,商定下一期的稿件。其时最惹我注意的是陈独秀和胡适之。""最惹我注意",那就是与陈独秀见面的最高证据了。不过,对此鲁迅的二弟周作人是不大认同的。周作人在致曹聚仁的信中,"曾纠正了鲁迅的回忆,以为有'小说'笔法。他一再强调,兄弟二人在《新青年》杂志属'客师'地位,并未参加具体的会议"(转引自孙郁《鲁迅与陈独秀》第8页)。孙郁也显然更采信此说,认为"没有什么资料能看到鲁迅与陈独秀见面的地点和场景"(《鲁迅与陈独秀》第1页)。

的确,遍查鲁迅日记,没有一条记录陈独秀到访。我们知道,上海时期的鲁迅,即使在家中见过了共产党人,为了双方的安全,他并不记在日记里。但在北京的"五四"时期,不应有这样的顾虑。鲁迅还曾说过:"曾经有一位青年,想以独秀办《新青年》,而我在那里做过文章这一件事,来证成我是共产党。但即被别一位青年推翻了,他知道那时连独秀也还未讲共产。"(《答有恒先生》)由此可见,日记里没有故意不记的理由。

陈独秀和鲁迅都没有单独到对方住处访问过，但他们在会议或活动的场合见面应是情理之中的事。因为鲁迅显然对陈独秀的性格有文章之外的判断。这种判断或许让鲁迅觉得，自己和陈独秀不大可能成为密切往来的知己，相互之间也并不主动热络。

　　鲁迅与陈独秀在书信上的往来有迹可寻，都是发生在陈独秀已离开北京之后。而且奇怪的是，至今仍然只有书信往来记录，而不见有信函。孙郁说，"我们至今看不到一封鲁迅致陈独秀的信，也看不到陈氏给鲁迅的手札。"（《鲁迅与陈独秀》第9页）鲁迅日记里，一九二〇年八月七日，"上午寄陈仲甫说一篇"。这一"说"，就是小说《风波》。十一月九日，又"寄仲甫说一篇"。这一"说"则是鲁迅翻译的俄国阿尔志跋绥夫的小说《幸福》。一九二一年五月至九月，鲁迅日记里至少有六次和陈独秀的书信往来记录。鲁迅书信里谈及陈独秀的也有多次。有关于《新青年》出刊事务的，也有关于稿件往来的。其中一九二一年八月二十五日致周作人信中写道："《新》九的二已出，今附上，无甚可观，惟独秀随感究竟爽快耳。"这里"《新》"指《新青年》，可见鲁迅对陈独秀文章的"爽快"之风还是十分认可的。

　　鲁迅的多篇杂文甚至小说《阿Q正传》里也曾有陈独秀

的名字出现。除上述提及的文章之外，《我之节烈观》《答有恒先生》《伪自由书后记》《题未定草》也都谈到了陈独秀。鲁迅对陈独秀为中国新文学所做的贡献给予充分肯定，认为："中国文坛，本无新旧之分，但到了五四运动那年，陈独秀在《新青年》上一声号炮，别树一帜，提倡文学革命，胡适之、钱玄同、刘半农等，在后摇旗呐喊。"（《伪自由书后记》）

除了肯定陈独秀的文风和倡导文学革命的功绩，鲁迅还特别感念陈独秀对自己小说创作的催促，《我怎么做起小说来》中曾写道："但是《新青年》的编辑者，却一回一回的来催，催几回，我就做一篇，这里我必得记念陈独秀先生，他是催促我做小说最着力的一个。"联想到钱玄同受陈独秀之委派和信任去说服鲁迅参与到新文学队伍中来，通过周作人表达对鲁迅小说的钦佩并希望为其出版小说集的热诚，陈独秀与鲁迅之间的英雄相惜，实为"五四"新文学的一段佳话。

这正是神交的力量所在。前面分析那么多二人见面机率之大小，其实正是想说明一个道理，鲁迅与陈独秀这样同一时代的风云人物，他们之间的关联，并不以在现实层面的交往多少为主要依据。思想上的趋同，观念上的一致，精神上的相互信任，才是他们保持往来的最重要依据。无论见面多少，鲁迅对于陈独秀性格应当是自信有确知的。以"爽快"

来评价其为文,其实也是一种文如其人的评价。在《忆刘半农君》一文中,鲁迅有过一个著名的论断,那是对"五四"新文学阵营中的三位先锋人物的比较式评价,既形象又精准,令人感叹鲁迅知人论事的超凡水准。"假如将韬略比作一间仓库罢,独秀先生的是外面竖一面大旗,大书道:'内皆武器,来者小心!'但那门却开着的,里面有几枝枪,几把刀,一目了然,用不着提防。适之先生的是紧紧的关着门,门上粘一条小纸条道:'内无武器,请勿疑虑。'这自然可以是真的,但有些人——至少是我这样的人——有时总不免要侧着头想一想。半农却是令人不觉其有'武库'的一个人,所以我佩服陈胡,却亲近半农。"不是深知,难以如此精准描摹。而陈独秀在离开北京到上海再到广州之后,为了求得北京各位的写稿支持,颇费了一番辛苦,甚至到了求情的地步。这其中,在他看来,即使北京诸位同道只剩下两个供稿人了,也应当是、一定是周氏兄弟。"北京同人料无人肯做文章了,唯有求助于你两位。"令人唏嘘其惨淡的同时,也有着令人动容的信任在其中。

## 误会的有无:隔空"对话"激发的议论

自一九二〇年一月离开北京,陈独秀与鲁迅通过直接的、间接的书信保持着交往。但无论是陈独秀在狱中及出狱后，还是鲁迅在病中及逝世后，关于二人之间的恩怨议论从来就没有停止过。有说鲁迅在北师大演讲时说过陈独秀早已离开革命阵营，有说陈独秀在狱中对自己的下属试图争取得到鲁迅支持大为光火。这其中的纠缠十分复杂，真假难辨，故事的背景深不可测。有兴趣的读者可以通过唐宝林《陈独秀全传》、孙郁《鲁迅与陈独秀》、丁晓平编选《陈独秀印象》等著作，以及彭劲秀《陈独秀与鲁迅》等文章加以了解。

这里，仅打开其中一点有文字依凭的争议来看看，鲁迅、陈独秀究竟有无实质性的误会。与陈独秀同为托派并同在狱中的濮清泉，曾在长文《我所知道的陈独秀》中就陈独秀的"鲁迅观"说道：

> 谈到鲁迅，陈独秀说，首先必须承认，他在中国现代作家中，是首屈一指的人物。他的中短篇小说，无论在内容、形式、结构、表达各方面，都超上乘，比其他作家要深刻得多，因而也沉重得多。不过，就我浅薄的看法，比起世界第一流作家和中国古典作家来，似觉还有一段距离。《新青年》上，他是一名战将，但不是主将，我们欢迎他写稿，也欢迎他的二弟周作人写稿，历史事实，就是如

此。现在有人说他是《新青年》的主将，其余的人，似乎是喽罗，渺不足道。言论自由，我极端赞成，不过对一个人的过誉或过毁，都不是忠于历史的态度。我问陈独秀，是不是因为鲁迅骂你是焦大，因此你就贬低他呢？（陈入狱后，鲁迅曾以何干之的笔名在《申报·自由谈》上，骂陈是《红楼梦》中的焦大，焦大因骂了主子王熙凤，落得吃马屎。）他说，我决不是这样小气的人，他若骂得对，那是应该的，若骂得不对，只好任他去骂，我一生挨人骂者多矣，我从没有计较过。我决不会反骂他是妙玉，鲁迅自己也说，谩骂决不是战斗，我很钦佩他这句话，毁誉一个人，不是当代就能作出定论的，要看天下后世评论如何，还要看大众的看法如何。总之，我对鲁迅是相当钦佩的，我认他为畏友，他的文字之锋利、深刻，我是自愧不及的。人们说他的短文似匕首，我说他的文章胜大刀。他晚年放弃文学，从事政论，不能说不是一个损失，我是期待他有伟大作品问世的，我希望我这个期待不会落空。

濮清泉说鲁迅曾以何干之的笔名在《申报·自由谈》上骂陈独秀是《红楼梦》中的焦大，其实，鲁迅这篇题为《言论自由的界限》的杂文并没有涉及陈独秀一个字，而是指新月社的人。

一九三七年八月陈独秀出狱，其时，鲁迅逝世已近一年。陈独秀以《我对于鲁迅之认识》表达了自己真实的鲁迅观。文章不长，不妨全文照录：

## 我对于鲁迅之认识

### 陈独秀

世之毁誉过当者，莫如对于鲁迅先生。

鲁迅先生和他的弟弟启明先生，都是《新青年》作者之一人，虽然不是最主要的作者，发表的文字也很不少，尤其是启明先生；然而他们两位，都有他们自己独立的思想，不是因为附和《新青年》作者中那一个人而参加的，所以他们的作品在《新青年》中特别有价值，这是我个人的私见。

鲁迅先生的短篇幽默文章，在中国有空前的天才，思想也是前进的。在民国十六七年，他还没有接近政党以前，党中一班无知妄人，把他骂得一文不值，那时我曾为他大抱不平。后来他接近了政党，同是那一班无知妄人，忽然把他抬到三十三层天以上，仿佛鲁迅先生从前是个狗，后来是个神。我却以为真实的鲁迅并不是神，也不是狗，而是个人，有文学天才的人。

最后，有几个诚实的人，告诉我一点关于鲁迅先生大约可信的消息：鲁迅对于他所接近的政党之联合战线政策，并不根本反对，他所反对的乃是对于土豪劣绅、政客、奸商都一概联合，以此怀恨而终。在现时全国军人血战中，竟有了上海的商人接济敌人以食粮和秘密推销大批日货来认购救国公债的怪现象，由此看来，鲁迅先生的意见，未必全无理由吧！在这一点，这位老文学家终于还保持着一点独立思想的精神，不肯轻于随声附和，是值得我们钦佩的。

（原载 1937 年 11 月 21 日《宇宙风》散文十日刊第 49 期）

通篇不见一字有对鲁迅的不满。相反，即使早已天隔一方，物是人非，却充满了真挚的理解。而在鲁迅这一面呢，无论陈独秀离开北京后从事了多么轰轰烈烈的大事业，也无论他几次身陷牢狱之中，鲁迅从来不改自己从前的淡然，此后一样从容的态度。每每提及，总是感念其当初催稿之情，佩服其坦荡为人的作风。对于那些曾经引发一些人议论的误会，并无充分的、坐实的证据，唐宝林认为，以陈独秀对鲁迅的一贯态度,陈独秀在狱中也不可能对鲁迅发表微词。因为有陈独秀出狱后的文章在,这种判断应该更接近于事实。他们同在北京时已知的交往并不密切,陈独秀南下后更是音讯稀少,但相互间的信任,君子之交淡如水的友情状态,似乎从未改变。甚至还有佳话,说鲁迅一九二七年初到广州生活后,还曾有过对陈独秀之子陈延年的关注,并称之为"仁侄",更有鲁迅与陈延年曾经会晤的说法。

无论如何,鲁迅与陈独秀之间的神交,真是达到了一种常人难以企及的境界。不夸饰,不标榜,不离弃,不反目,既不热,也不冷,而深刻的理解与深切的同情却时时能让人感受到。

# "站在同一战线上的伙伴"

## ——鲁迅与李大钊

梳理鲁迅与陈独秀、李大钊等人物的关系，个人最直接的体会是，对鲁迅在"五四"时期所处的位置，发挥的作用，他与各色人物的交往方式，有了更清晰的认识。做文学史研究的人谈"五四"，鲁迅是重中之重，这是毫无疑问的。不过，后世评价其实是一个不断发现的过程，也是一个不断累加的过程，与其人其事在当时的影响，有时难免会发生不完全对位的情况。比如鲁迅，从一九一八年五月发表《狂人日记》开始走上文坛，从此"一发而不可收"地成为中国新文学的主将。不过有两点必须要看到，从陈独秀一九一七年将《新青年》迁到北京编辑出版，到《狂人日记》发表，已经过了一年有余。一九一九年一月，《新青年》出版第六卷第一号，从此期开始,《新青年》由原来的陈独秀一人独办而变成轮流值编。李大钊、陈独秀、胡适、沈尹默、钱玄同、高一涵等每人负责一期编务。鲁迅、周作人是《新青年》的重要作者,但就编辑层面而言,用周作人的话说,他们兄弟其实是"客师"身份,参与度并不高。陈独秀本人也曾说过:"鲁迅先生和他的弟弟启明先生,都是《新青年》作者之一人,虽然不是最主要的作者,发表的文字也很不少,尤其是启明先生;然而他们两位,都有他们自己独立的思想,不是因为附和《新青年》作者中那一个人而参加的,所以他们的作品在《新青年》中特别有价值,这是我个人的私见。"这应该是实情。

鲁迅在《新青年》上发表小说、杂文、诗歌共五十四篇,可以说不算多也不算少。与陈独秀、李大钊相比,鲁迅在文化上和他们有共同的追求,但是参与社会斗争的方式方法,尤其是参与政治活动方面,鲁迅又有着明显的个人执守。近日读姜异新文章《早于鲁迅而载入史册的周树人》(《光明日报》2022年4月4日),其中谈到鲁迅早已铸就的性格:"打定主意不去争做一呼百应的英雄,而是反观自身,精炼内曜,扎实行动。"以及鲁迅价值取向中独特的一面:"不取媚于权力,不取媚于庸众,也不取媚于精英,不但不随顺于旧俗,不随顺于规则,也不随顺于新潮。"这或许有助于理解鲁迅在参与一些轰轰烈烈的社会活动时所采取的态度。

鲁迅的教育部公务员身份和他一直以来笃定的行事原则,也影响到他和许多同时代人物的交往。我们前文已评说过鲁迅与陈独秀其实是以神交为主的关系,本文则来看看鲁迅与李大钊又究竟是怎样的关系。

## "守常先生我是认识的"

李大钊(1889—1927),字守常,河北乐亭人。年轻鲁迅八岁。他是马克思列宁主义在中国最初的传播者,中国共产党创始人之一。大家熟知他曾是北京大学教授兼图书馆主任、《新青年》杂志的编辑,是"五四"运动的领导者和风云人物。一九二一年中国共产党成立后,他主要负责北方区党的工作。一九二七年四月六日在北京被奉系军阀张作霖逮捕,二十八日遇害。在遇害的二十人中,李大钊是第一个走上绞刑架的。其遇害的绞刑架现为中国国家历史博物馆一级文物,编号〇〇〇一。

比起陈独秀,可以判定鲁迅与李大钊有更确定的现实交往。一九三三年五月七日,鲁迅在致曹聚仁信中,明确说"守常先生我是认识的"。而认识的"桥梁",仍然是《新青年》。"我最初看见守常先生的时候，是在独秀先生邀去商量怎样进行《新青年》的集会上，这样就算认识了。"鲁迅谈陈独秀时只谈过他的"韬略"之有无，也就是其行事特点，而这些特点也可以限定为一种神交，因为这是可以通过其文章风格和所知晓的行事方式来判断的。而对李大钊，鲁迅则直接描述了他的相貌，而且不止一次地谈到李大钊特殊的形象给自己留下的深刻印象。以下这段描述可以说是既逼真又形象，颇见鲁迅观察的眼力和描述的笔力。"他的模样是颇难形容的，有些儒雅，有些朴质，也有些凡俗。所以既像文士，也像官吏，又有些像商人。这样的商人，我在南边没有看见过，北京却有的，是旧书店或笺纸店的掌柜。"不知为什么，只要再看到李大钊的那张标准照，鲁迅的这段描述就会自动跳出来，无需再去解释。这样一张普通的脸，忠厚的模样，确也有躲避风险的"功能"。鲁迅紧接描述道："一九二六年三月十八日，段祺瑞们枪击徒手请愿的学生的那一次，他也在群众中，给一个兵抓住了，问他是何等样人。答说是'做买卖的'。兵道：'那么，到这里来干什么？滚你的罢！'一推，他总算逃得了性命。"（以上均引自《〈守常全集〉题记》）这真是既惊险又生动的场景。李大钊这一形象带给鲁迅的印象可谓深刻。写于一九二七年四月十日的《庆祝沪宁克复的那一边》里,对李大钊的安全担忧也体现在对他形象的记忆上。"忽而又想到香港《循环日报》上所载李守常在北京被捕的消息,他的圆圆的脸和中国式的下垂的黑胡子便浮在眼前,不知道他现在怎么样。"可见鲁迅对李大钊独特形象的记忆多么深刻。李大钊在"三一八"时的险历,我个人还是只在鲁迅的笔下读到过。

因为是教育部的公务员身份,鲁迅迟至一九二〇年八月方被蔡元培任校长的北京大学聘为讲师。至此,蔡元培方可以说:"自陈独秀君来任学长,胡适之,刘半农,周豫才,周岂明诸君来任教员,而文学革命,思想自由的风气,遂大流行。"(《我在教育界的经验》,原载1937年12月《宇宙风》)成为北京大学的一员之后,鲁迅与李大钊的见面应该就有很多机会了。从《新青年》的编辑会议到北京大学的同事,鲁迅与李大钊的交往可以说是很平常的事。虽然鲁迅一开始还"不知道他其时是否已是共产主义者",但在文化上视其为"站在同一战线的伙伴"却是坚信不疑的。


## 纷争与共识:《新青年》的"办"法

作为《新青年》的作者,鲁迅贡献了《狂人日记》《孔乙己》《药》《风波》《故乡》五篇小说作品,发表了数十篇杂文,鲁迅为数不多的新诗也多见于《新青年》。今天再翻开《新青年》,可以看到鲁迅与李大钊名字的并列,也可以想见李大钊作为轮流编辑为鲁迅文章付出的辛苦。鲁迅、李大钊的交往也在鲁迅日记里留下印迹。一九一九年和一九二一年,鲁迅与李大钊的通信往来共有九次。其中,一九一九年四月八日,"下午寄李守常信"。四月十六日,"上午得钱玄同信,附李守常信"。这个月鲁迅创作完成小说《药》。一九一九年五月出版的《新青年》第六卷第五号,正是由李大钊任轮值主编,李大钊将这一期定为"马克思主义研究专号",而鲁迅的《药》就发表在这样一期"专号"上。一九一九年七月八日,鲁迅"交李守常文一篇",不过是"二弟译"的文章。

一九二一年一月至八月,鲁迅日记有六次与李大钊书信往来的记录。其中年初的通信,应与《新青年》办刊方向的争议与协商有关。鲁迅的小说《故乡》于二月八日寄《新青年》,五月发表在《新青年》第九卷第一号上。这期间二人还有数次通信,或者与此也有关联。不过,鲁迅书信、《李大钊全集》均无这些信件内容收录。

说到《新青年》办刊引发的争议,这是一个很复杂的故事,读到的一些材料,似乎也颇有不一致处。但我们还是可以试着来描述一下事情的主要经过和原委。

一九二〇年开始,《新青年》又随陈独秀南下上海继续编辑出版。因为陈独秀的志趣以及陈望道参与编辑,《新青年》的政治色彩渐浓,胡适则对此表示不满,他已经不止一次表达过希望《新青年》淡化政治色彩。到这一年年底的十二月十六日,身在广州的陈独秀致信胡适与高一涵,表达了愿意"今后以趋重哲学文艺为是"。胡适收到此信后回信陈独秀,提出《新青年》的三种办刊办法,一是"听《新青年》流为一种有特别色彩之杂志,而另创一个哲学文艺的杂志";二是"将《新青年》编辑的事,自九卷一号移到北京来",且"声明不谈政治";同时并将陶孟和意见附上作为第三条办法,即刊物"停办"。胡适还将此信寄给了李大钊、鲁迅等北京同人征求意见。鲁迅一九二一年一月三日日记"午后得胡适之信,即复。"应该是指此事。

远在广东的陈独秀收到胡适的信件后,反应非常激烈。他即刻致信李大钊表达自己的观点,并把致胡适和致陶孟和信一齐附上,于是就有了"来信三件"。李大钊收到陈独秀的信后,觉得兹事体大,应该让在京同人各自表达一下自己的意见。于是他就致信请钱玄同来办此事。"玄同兄:仲甫由粤寄来信三件,送上,看过即转豫才、启明两先生。他们看过仍还我，以便再交别人。"钱玄同按照李大钊的要求，立即转寄鲁迅兄弟，并附信一件。信中表达了他本人因此才知道"陈、胡二公已到短兵相接的时候"。鲁迅日记一九二一年一月十九日记载："上午得玄同信"，二十日又记"上午寄李守常信"。也就是鲁迅按信中要求"仍还"李大钊，由李大钊"再交别人看"。"传签"流程还是很周密的。

关于这一争议，可以了解一下几位主要当事人的态度。胡适收到李大钊转来的陈独秀信件后，去信批评陈独秀："你真是一个卤莽的人，我实在有点怪你。"而鲁迅的态度，早前他在一月三日致胡适信中表达的意见已很明确，"寄给独秀的信，启孟以为照第二个办法最好"，"至于发表新宣言说明不谈政治，我却以为不必"，因为"其实则凡《新青年》同人所作的作品，无论如何宣言，官场总是头痛，不会优容的"。

其实，无论是第一种办法还是第二种办法，只要不是第三种"停办"就可以。这应该是北京《新青年》同人的共识。李大钊在一九二一年一月二十一日、二十三日、二十五日，先后致信胡适，充分表达了自己的观点，特别希望团结共事的愿望。在二十一日信中谈到："前天见了玄同，他说此事只好照你那第一条办法"，"启明、豫才的意见，也大致赞成第一办法，但希望减少点特别色彩"。这里其实存在一个问题，鲁迅同意的到底是哪个办法？是另办一个，还是移师北京来办？李大钊二十五日致胡适信说得比较明白："我还是主张从前的第一条办法。但如果不致'破坏《新青年》精神之团结'，我对于改归北京编辑之议亦不反对，而绝对的不赞成停办，因停办比分裂还不好。"事实上，鲁迅、周作人、钱玄同等应该同李大钊的态度一样，只要不是第三条"停办"而导致《新青年》阵营分裂，第一条、第二条都无不可。《李大钊全集》第五卷在此信的注释中也指出，"赞同第二个办法的，还有张慰慈、高一涵、陶孟和、王抚五、周作人、鲁迅、钱玄同，基本上形成一致的意见。"（第413页）然而，《新青年》却并未因为有了这个共识就有了共同愿望的结果。因为二月十一日，《新青年》被上海捕房搜查封闭。二月十五日，陈独秀由广州致信胡适，认为《新青年》"非移粤不能出版，移京已不成问题了"。这里的"不成问题"，是指"不必再谈"了才对。

但这场争论的意义却十分值得珍视，它不但反映了新文化阵营对《新青年》办刊宗旨的态度分歧，每一个人对时势和事业的看法。更彰显了他们可以求同存异，最终达成一致意见的风范。李大钊在其中既起到了协调作用，更体现出超强的大局观。陈独秀也最终和胡适达成原则上的互相理解。因为陶孟和的"停办"说引起陈独秀的不满，胡适以朋友的身份进行劝解和批评。陈独秀在信中表示："你劝我对于朋友不要太多疑"，"是我应该时常不可忘却的忠告"。也算是一点文坛佳话吧。

## 一个"钊"字引发的趣谈

鲁迅一生当中至少认识三位名字里带"钊"的人。一位是青年时期在南京上学时的同学，叫沈钊；一位是在北京教育部做公务员时的顶头上司，教育总长章士钊；还有一位就是李大钊。这三位有一个共同点，就是各自都因为名字里有个"钊"字而引发出故事，又因为这故事由鲁迅在文章里记述，从而成为至今仍可一谈的趣话。

鲁迅在杂文《忽然想到（八）》讲述与李大钊有关的轶闻。"曹锟做总统的时代（那时这样写法就要犯罪），要办李大钊先生，国务会议席上一个阁员说：'只要看他的名字，就知道不是一个安分的人。什么名字不好取，他偏要叫李大剑?!'于是乎办定了，因为这位'大剑'先生已经用名字自己证实，是'大刀王五'一流人。"鲁迅这里所说的曹锟"要办李大钊先生"，是指一九二四年五月，李大钊为躲避曹锟政府的通缉，化装成做生意的人逃离北京，回到河北老家躲避。到了六月，"严速拘拿"李大钊等亲苏俄的"提倡共产主义"人士的通缉令公布于全国,指出对"其逸犯李大钊等,务获归案讯办,以维治安,而遏乱萌"。也是在六月,李大钊按照党的指派赴苏联参加共产国际五大。直到曹锟于当年十月下台,李大钊于年底十二月回国。最新发现的李大钊在莫斯科演讲视频,就出自这一时期。

也真是有趣,鲁迅最早在南京求学时就和"钊"字打上了交道。同样是在《忽然想到(八)》里,鲁迅写道:"我在 N 的学堂做学生的时候,也曾经因这'钊'字碰过几个小钉子,但自然因为我自己不'安分'。一个新的职员到校了,势派非常之大,学者似的,很傲然。可惜他不幸遇见了一个同学叫'沈钊'的,就倒了楣,因为他叫他'沈钧',以表白自己的不识字。于是我们一见面就讥笑他,就叫他为'沈钧',并且由讥笑而至于相骂。两天之内,我和十多个同学就迭连记了两小过两大过,再记一小过,就要开除了。"可以说,鲁迅下决心离开乌烟瘴气的"江南水师学堂",改入同在南京的江南陆师学堂附设的"矿务铁路学堂",这个小小的戏剧性故事也是促发原因之一。

带给鲁迅更直接、更深层触动的"钊"字人物,是教育部时任总长章士钊。一九二五年五月十二日的《京报》"显微镜"栏目发表了这么一条文字:"某学究见某报上载教育总长

'章士钉'五七呈文,愀然曰:'名字怪僻如此,非圣人之徒也,岂能为吾侪卫古文之道者乎!'"这是一个故意寻求"开心一刻"的"段子",是一个小小的玩笑。据《鲁迅全集》注释,"显微镜"作为《京报》的一个小栏目,专发"短小轻松的文字"(第3卷第69页)。其时,鲁迅因"女师大风潮"与章士钊等进行笔战,正好借此来发表一番冷嘲热讽的议论。他先是借《说文解字》证明了"淦"字作为"船底漏水"的意思已经完全被人遗忘,而只剩下在名字里使用,除此之外,"这一粒铅字简直是废物"。鲁迅进而指出:"至于'钊',则化而为'钉'还不过一个小笑话;听说竟有人因此受害。""碰钉子",也是鲁迅在那一场笔战中经常会用到的名词。虽未直说,但仿佛也有暗指在其中。

说起来,一个"钊"字竟也能生发出这么多的故事,而且一个字"派生"出三字不同的白字:剑、钧、钉,也实在有趣。这或许也只有鲁迅杂文能做得到。

## "革命史上的丰碑"

我的印象里,鲁迅写好了序言而著作本身却没有出版,序言作为一篇独立文章又流传甚广的经历,至少有两次,一次是

《〈野草〉英文译本序》,另一次就是《〈守常全集〉题记》。前者是因战火原因导致原稿失踪,后者的背后原因则更为复杂。

李大钊于一九二七年四月二十八日就义。李大钊牺牲后,他的侄子李乐光就开始从报刊上搜集、抄录李大钊文稿。李乐光将整理出的书稿密藏于他的岳母处,后又转给了李大钊的女儿李星华,李星华又将这些文稿交给了周作人代为保存。一九三三年李大钊的安葬仪式在北京举行。也就是在此时,其夫人赵韧兰向周作人等提出出版李大钊文集事宜。周作人从中积极联络,力促文集出版。他首先想到和找到的是上海的曹聚仁。从此这个本来在北京张罗的事,跟远在上海的鲁迅发生了联系。

这件事情梳理起来十分不易,有兴趣了解其中原委的朋友,可以阅读唐弢先生的《晦庵书话》中的相关文章。书中那组关于《守常全集》"公案"的"专辑"里,除了唐弢本人文章外,还收录了周作人一九六二年八月三十一日发表在《人民日报》上的署名"难明"的文章,以及丁守和、方行等人的文章。

曹聚仁答应了周作人的提议,准备将《守常全集》拿到上海由他负责的群众图书公司出版。为此,他们还商议了邀请与李大钊熟识的文化人士为全集撰写序言,并确定了北京的序言撰写者由周作人落实,上海的序言撰写者由曹聚仁联络。曹聚仁当然首先想到了邀请鲁迅来作此文。曹聚仁正在准备撰写鲁迅传记，往来颇多，也深知鲁迅和李大钊曾经的往来和友情。

鲁迅的态度当然是欣然答应。一九三三年五月七日，鲁迅复信曹聚仁：

聚仁先生：

惠函收到。守常先生我是认识的，遗著上应该写一点什么，不过于学说之类，我不了然，所以只能说几句关于个人的空话。

我想至迟于月底寄上，或者不至于太迟罢。

此复，即颂

著祺。

鲁迅　启上　五月七日

鲁迅是践诺的。五月三十日即致信曹聚仁并附上《〈守常全集〉题记》。但是，尽管周作人等当初是考虑到北京出版的不可行，才决定拿到上海，鲁迅自己却另有判断。在六月三日致曹聚仁信中，鲁迅直言此书公开出版的不可行。他不但不主张送审，甚至"也许连出版所也不如胡诌一个，卖一通就算"。

事情的结果不出鲁迅所料，《守常全集》无法在群众图书公司出版,转投商务印书馆也一样没有结果。之后又是李小峰,这位多年追随鲁迅、出版鲁迅作品的北新书局老板,答应了由自己来出版。书稿他是拿到手了,但出版却仍然无法实现。直到一九三九年,《守常全集》有过印行,但迅速被没收追回。晦庵(唐弢)的文章写道:"直到抗日战争爆发,大家又想起这个集子,于一九三九年四月托名社会科学研究社出版,由北新负责发行。可是书一露面,立刻又遭到'租界'当局的禁止,已经印成的都被没收。"

应该说,周作人在帮助李大钊遗属,促动李大钊文集出版方面付出了大量心力。就《守常全集》而言,直到一九六二年他仍然用笔回忆记述其细节,可见他对李大钊的感情之深。不过,周作人毕竟是周作人,在围绕这件事情的描述上,但凡涉及鲁迅的,总会让人觉得又有"曲笔"和隐密的深意在其中。比如,关于写序的人选问题,周作人在署名"难明"的文章里说,因为当时考虑到出版之难,"所以听说要请蔡孑民写一篇序,但是似乎他也没有写。鲁迅附识里的 T 先生,可能就是蔡孑民"。晦庵则对此直接纠正道:"至于鲁迅所作《题记》里说的与 G 书店有关的 T 先生,是指曹聚仁而非蔡元培,因为《题记》是前者要鲁迅先生写的,而他和群众图书公司有关系。""所谓 G 书局,就是为鲁迅先生出版《集外集》的群众图书公司。"这个小小细节里,其实涉及曹聚仁一开始究竟请了谁来写序,以及又是谁邀请了鲁迅写序这个问题。

鲁迅的《〈守常全集〉题记》,文末有一段"附识"这样写道:

> 这一篇,是 T 先生要我做的,因为那集子要在和他有关系的 G 书局出版。我谊不容辞,只得写了这一点,不久,便在《涛声》上登出来。但后来,听说那遗集稿子的有权者另托 C 书局去印了,至今没有出版,也许是暂时不会出版的罢,我虽然很后悔乱作题记的孟浪,但我仍然要在自己的集子里存留,记此一件公案。
>
> (十二月三十一夜,附识。)

G 书局就是群众图书公司,C 书局是指商务印书馆。很难理解,周作人为何会将此说明当成是鲁迅在谈蔡元培而不是曹聚仁。曹聚仁,字挺岫,号听涛,称为 T 先生应属合理,而称蔡元培为 T 先生则缺乏理据。晦庵的纠正事实上也在强调,序文是曹聚仁请鲁迅写的,而不能理解成蔡元培没有答应曹聚仁的请求,却又主动出面请了鲁迅代劳。我个人体会,唐弢先生的这一辩正非常重要而且关键。鲁迅的这篇题记发表于一九三三年八月十九日《涛声》第二卷第三十一期上，《涛声》正是曹聚仁主编的刊物。

《〈守常全集〉题记》惟妙惟肖地描写了李大钊的形象。另一重要看点，是在理论和思想层面上对李大钊所作的评价。一方面，鲁迅不无婉转又其实很坦率地表达了自己对李大钊文章的看法，更充满深切的认同和深厚的感情，表达了对李大钊革命精神的高度评价。鲁迅写道：

> 所以现在所能说的，也不过：一，是他的理论，在现在看起来，当然未必精当的；二，是虽然如此，他的遗文却将永住，因为这是先驱者的遗产，革命史上的丰碑。一切死的和活的骗子的一迭迭的集子，不是已在倒塌下来，连商人也"不顾血本"的只收二三折了么？
>
> 以过去和现在的铁铸一般的事实来测将来，洞若观火！

这话语中的力量与真情，岂是"个人的空话"，分明是对"站在同一战线上的伙伴"绝不敷衍的真诚评价，是对一个时代的革命者致以真情礼赞。

完稿于二〇二二年四月二十八日，李大钊就义九十五周年纪念日

# 亲缘之上的神交

## ——鲁迅与周恩来

梳理鲁迅与中国共产党人的关系，一个突出印象是，他们之间的往来总是以神交为主。见面的有无，见面的频次，如果以这些作为标准和前提的话，很多关系是建立不起来的。但分明，我们又能感受到一种神奇的力量，即无论他们在现实生活中有无交往，无论这种交往在频次上如何并不足观，他们在精神上和思想上的联系与互动，总是能够让人感受得到。从这个意义上讲，这些话题又是成立的。鲁迅与周恩来就是其中一例。我们可以断定，鲁迅与周恩来并无见面的经历。两个并无直接往来的人，他们之间还能有什么可说的呢？的确，故事产生于交往，素昧平生，何来关系。可能"神交"一词就是用来解释以下这些故事的吧。

## 周树人、周恩来：同宗同族

鲁迅，原名周树人，浙江绍兴人。周恩来，江苏淮安人。然而，真的是一笔写不出两个周字，他们二人原来还真有同宗渊源的关系。周恩来曾多次强调，他是绍兴人，而且是鲁迅的本家。

根据有关考据，再往上溯，周氏二人或许还与另一历史上的周姓名人有关联。我们都知道一篇古文——《爱莲说》，作者周敦颐，湖南人氏，被后人考证为周树人和周恩来的先祖。据《周恩来自述评传》一书介绍，一九六一年，身在台湾的于右任先生想到其时正是生活在大陆的夫人八十大寿，不能相见更不能祝寿自然令他焦急。在周恩来的关照下，于右任先生遂了心愿。有关人士致信于右任时，自然想告诉他这一信息，但顾及台湾方面对"周恩来"三字定会敏感，不知如何是好。此时，曾经是国共两方资深人士的邵力子出了个计谋，即在信中说明是"濂溪先生"帮忙就好了。果然，于右任先生见信后，大喜过望的同时对这一密称也心领神会。"濂溪先生"是周敦颐的别号，本来只是借用，且不知或许还真有渊源。据说，在绍兴周恩来的祖居百岁堂，有一门联就写道:"濂溪绵世泽,沂国振家声"。这是后世人对先祖功德的铭记。而在湖南道县的濂溪故里,宗祠上又有一副楹联:"周庭举世皆尊元公哲学鲁迅文章恩来开国总理,风景这边独好濂水湛蓝都庞苍翠道岩今古奇观。"这又是用今人的骄傲告慰先祖,特别是把周树人和周恩来并提,视作周敦颐的后代。

周恩来出生在江苏淮安,祖籍浙江绍兴。他一直把自己看作是浙江绍兴人。一九四六年九月,周恩来在同美国记者李勃曼谈话时讲道:"我的祖父名叫周殿魁,生在浙江绍兴,按中国的传统习惯,籍贯从祖代算起,因此,我是浙江绍兴人。"他在一九六二年三月二日的一次讲话中又说道:"有人问我是哪里人,我说原籍绍兴,生在淮安,江浙人。为什么这样啰嗦呢?因为我的亲兄弟、堂兄弟都是绍兴人,我不能不说原籍是绍兴,否则就有企图摆脱这种关系的嫌疑。"同年十二月,周恩来再一次在大会上向与会者讲述了自己的出身:"我原籍绍兴,就是戏曲中绍兴师爷的那个绍兴,他们长着红鼻子,也是丑得很!"

绍兴人,姓周,就是周树人的本家么?对此,周恩来本人深信不疑,且确有家谱之类的记载为证。一九三九年三月,周恩来以国民政府军事委员会政治部副部长身份赴浙江视察,同时回绍兴探亲。三月二十八日,周恩来辗转来到绍兴,出席欢迎会并发表演讲。他在演讲中谈了来浙江后的感想,国内外的形势,还回答了各界人士提出的问题。

三月二十九日上午,周恩来从下榻的绍兴商会回"百岁堂"老家,与周希农等十余人一同去扫墓祭祖。扫墓归来,在亲属陪同下,周恩来翻阅族谱,并在族谱里写上:"恩来,字翔宇,五十房樵水公曾孙、云门公长孙、懋臣长子,出继簪臣为子。生于光绪戊戌年二月十三日卯时。妻邓颖超。"另外,还写下了在淮安出生成长的兄弟们的名字和生辰及周嘉琛、周嘉璋孩子的名字。

在绍兴期间,周恩来几次拜访姑父王子余,瞻仰了姑妈周桂珍的遗像。他还为绍兴各界人士和亲友挥毫题词数十幅,内容包括"前途光明""妇女解放须从民族解放中得来""青年是黄金时代,要学习,学习,再学习"等,鼓励工人、妇女、青年为抗战胜利做出自己积极的贡献。周恩来离开绍兴后,于四月一日抵达金华。在金华,他对时任中共浙江省委书记的刘英说:"要加强绍兴党的领导,开展绍兴工作,革命可不要把我的家乡忘记啊!"言辞中,都把绍兴视作自己的故乡。(以上内容系综合转引自中共中央文献研究室编《周恩来年谱》第436页、"浙江在线"网页之绍兴市档案馆《周恩来绍兴之行》一文)

据谱牒学方面的专家考证，按世系表排列，鲁迅是周敦颐第三十二代孙，周恩来是周敦颐第三十三代孙。鲁迅要比周恩来长一辈。周恩来曾多次提起过与鲁迅同宗的关系。一九三八年十月十九日，是鲁迅逝世两周年纪念日，周恩来在武汉纪念会上做讲演。他一开头就说："我想，在今天鲁迅先生逝世两周年纪念会上，大家都是诚意来纪念鲁迅先生的。我自己不是文学作家，然而却参加了文艺协会，同时在血统上也许是鲁迅先生的本家，因为都是出身在绍兴城的周家，所以并不如主席（按：指会议主席郭沫若）所说以来宾资格讲话。"

他还几次主动与鲁迅的亲属谈及这份亲缘。一九五二年，许广平到中南海周恩来家做客时，他再次提到这个话题，很认真地对许广平说："排起辈分来，我应该叫你婶母哩。"许广平自然是表示不敢当。

一九六九年四月中共九大期间，周恩来到北京饭店看望鲁迅三弟周建人，对他说："建老，我已查过哉，你是我的长辈，我要叫你叔叔。"周建人忙说："你是总理，这样叫我不敢当。"

无论如何，这一切都体现出周恩来对故乡、对故乡人特殊而深厚的感情。身为共和国总理，周恩来十分关心绍兴的发展，一方面用自己的工资资助求助的乡亲，同时对亲属们也严格要求。他曾向毛泽东主席推荐绍剧《孙悟空三打白骨精》。毛泽东著名的诗句"金猴奋起千钧棒,玉宇澄清万里埃",就得自于观此剧并和郭沫若诗而得。

总之,绍兴周氏,让周恩来与周树人有了同宗同族解不开的缘分。

## 鲁迅、周恩来:错失了的见面机缘

鲁迅与周恩来本来是有机会见面的。这要追溯到一九一九年。那一年的六月十九日,鲁迅与周作人一起到北京的第一舞台,观看北京大学生剧团演出的新剧《新村正》。周作人当日日记:"晚同大哥西珠市第一舞台观新剧。演《终身大事》及《新村正》。十二时回寓。"[《周作人日记》(中)第32页]鲁迅日记写道:"晚与二弟同至第一舞台观学生演剧。计《终身大事》一幕,胡适之作。《新村正》四幕,南开学校本。夜半归。"其中的"南开学校本《新村正》",就是周恩来等人在南开学校时编演过的五幕剧。鲁迅与周作人观看的,是由北京大学新剧团改编、排演的四幕剧。周恩来在南开学习期间,"曾担任南开新剧团布景部副部长,并多次参加演出。……南开新剧团在社会上很有名,周恩来则是南

开新剧团的出色演员"。(《周恩来自述评传》)

一九一九年,鲁迅本来已经受邀到南开演讲。如果这次演讲成行,周恩来和鲁迅就有了见面结识的机会。那一时期,周恩来在天津组织了进步团体"觉悟社"。觉悟社常邀请新文化运动名人演讲,鲁迅也在被邀请者之列。可是,约定的一九一九年十一月八日,鲁迅忽然有事,不能如约前来,便由二弟周作人代替前往。为此事,周恩来到晚年还深深地感到遗憾。一九七一年夏天,周恩来在接见日本作家、鲁迅研究专家尾崎秀树时还谈及这件事。他告诉尾崎秀树:"鲁迅先生到了那天,忽然有事走不开,来了代替他的人——周作人,同学们略感失望,但相谈后,就说那也好吧,就请周作人先生去学校,他讲的是关于新村的事,也提到武者小路实笃先生,讲得非常有趣。"

查《周作人日记》中卷,一九一九年十一月八日记有:"八日晴。上午同重君至东站,乘火车午至天津,寓芝酒馆。下午在各书店得《三重吉集》等五册。往东马路青年会。四时至三戒里李宅闲谈。晚回会饭。七时至新学书院讲演,题为《新村的精神》。九时返旅馆。十一时睡。寄绍函。"演讲后的第二天,周作人"上午同重君往旭街买玩具。九时二十分乘火车,午回北京"。

为什么鲁迅没有成行?据鲁迅日记,其时,鲁迅刚买下八道湾的房子,要付房款,还要亲自指挥工人搞装修。家事让他忙得不可开交。"四日晴。下午同徐吉轩往八道弯(即"八道湾",下同)会罗姓并中人等,交与泉一千三百五十,收房屋讫。""七日昙,风,午晴。下午往八道弯宅。""八日晴。下午付木工泉五十。"鲁迅为什么不让周作人盯着装修,自己去天津演讲呢?这只能说,鲁迅太了解自己这个弟弟了,周作人生活能力比较差,让他写文章、讲课没问题,让他指挥装修,这种活儿他可做不了。鲁迅只好亲自盯着了。

周恩来与鲁迅错过了见面机缘自是遗憾,不过,周作人这次与周恩来的见面机会居然在三十年后还产生了回响。众所周知,抗战胜利后,周作人因汉奸罪名被判刑十年,一九四九年一月提前获释。这一年的七月,周作人曾致信周恩来。这封长达六千多字的信里,周作人竭力为自己辩解。比如,对自己为什么在抗战时留在北京而没有南迁,就写道:"北大迁移长沙,教授集议过两次,商定去留随意,有些年老或家累的多未南下。那时先母尚在,舍弟的妻子四人,我的女儿(女婿去西北联大教书)和她的子女三人,都在我家里,加上自己的家人共十四口,我就留下不走。"信中还举例自己的文章、演讲为日本人所不满,从而为自己开罪。"这里可以看出来我在沦陷中的文字是那一种色彩,敌人认为是他们的障碍物,积极之妨害者,必须扫荡摧毁之对象,这种可以表明不是合作得来的人。"信的最后写道:"过去思想上的别扭,行动上的错误,我自己承认,但是我的真意真相,也许望先生能够了解,所以写这一封信,本来也想写给毛先生,因为知道他事情太忙,不便去惊动,所以便请先生代表了。"

但这封信的结果却并未如愿。信件发出去之后,根本就没有下落,周恩来似也并没有看到。信件中转了好几人,学者林辰一九五一年向冯雪峰同志借阅的时候抄写下了副本,后发表于一九八七年第二期的《新文学史料》。

可能由于没有得到周恩来的回复,一九五一年初,周作人又分别致信毛泽东"毛先生"以及周扬。我从《胡乔木书信》中读到有关此信的过程。一九五一年二月二十四日,胡乔木致信毛泽东信的全文如下。

主席:

周作人写了一封长信给你,辩白自己,要求不要没收他的房屋(作为逆产),不当他是汉奸。他另又写了一信给周扬,现一并送上。

我的意见是:他应当彻底认错,像李季一样在报纸上悔过。他的房屋可另行解决(事实上北京地方法院也并未准备把他赶走)。他现已在翻译欧洲古典文学,领取稿费为生,以后仍可在这方面做些工作。周扬亦同此意。当否请示。

敬礼。

乔木

二月二十四日

周总理处也谈过,周作人给他的信因传阅失查。他并未看到。

从《胡乔木书信集》对此信的注释可知,毛泽东在信上批示:"照办"。

无论如何,周作人先后给周恩来、毛泽东写信,很大程度上是仗着自己是"五四"运动的前辈,毛泽东、周恩来都见过自己,又曾经是李大钊的好朋友。

事情往往就是这样有趣。鲁迅与毛泽东、周恩来在思想上多有相通处,却未有见面之缘,而周作人,倒是在两位政治人物的青年时期,就与他们相见得识。鲁迅在世时,周恩来十分关心鲁迅的处境。尤其是在"革命文学"论争期间,据《周恩来年谱》对于一九三〇年三月二日的记述:

在一九二八年中共六大前,周恩来已发现上海进步文化阵营中出现某些裂痕,创造社、太阳社和鲁迅之间发生论战。回国后从潘汉年和冯雪峰处了解到矛盾有新进展，决心解决这一问题。这是中共中央抓文艺工作的开始。中共中央向文艺界有关代表人物提出"停止内战，加强团结"，并决定成立左翼作家联盟。周恩来将夏衍（沈端先）从闸北街道支部调出，在中央文委领导下于一九二九年冬开始筹组。本日，左翼作家联盟正式成立。

据有关文章介绍，因为太阳社、创造社的党组织关系直属江苏省委宣传部，周恩来便委派省委宣传部长李富春处理此事。"一九二九年秋的一天，李富春约文化支部书记阳翰笙在霞飞路的一家咖啡馆谈话。李富春说：'鲁迅是从"五四"新文学运动中过来的一位老战士，坚强的战士，是一位老前辈，一位先进的思想家。站在党的立场上，我们应该团结他，争取他，我约你来谈话，是要你们立即停止这场论争，如再继续下去，很不好。'"（《"左联"：以笔为戈，鼓舞大众》，本文引自澎湃新闻）

在批评、制止太阳社、创造社攻击鲁迅方面，周恩来做了直接工作。

从鲁迅这一面来说，对周恩来也是颇有好感。据冯雪峰回忆，一九三六年十月初，鲁迅逝世前不久，"当时鲁迅有一点钱在我身上，我就替鲁迅买了一只相当大的金华火腿送毛主席，他说很好。也是差不多这时候，《海上述林》上卷刚装好，鲁迅拿了两本给我，说皮脊的是送给 M（毛主席）的，另一本蓝绒面的送周总理。火腿、书等都是由'交通'转交陕北的"。[据《鲁迅生平史料汇编》第五册（上）第 241 页]这个故事的前因后果，本身也很复杂，但至少说明一点，鲁迅知道、惦记着周恩来。

虽未谋面，却也有神交记录。

## 周恩来历论鲁迅

鲁迅逝世后，周恩来曾参加过多次鲁迅纪念主题的活动，发表过关于鲁迅的演讲和文章。主要有以下几次。

一、一九三八年，鲁迅逝世二周年纪念，周恩来发表题词。全文如下。

鲁迅先生之伟大，在于一贯的为真理正义而倔强奋斗，生死不屈，并在于从极其艰险困难的处境中，预见与确信有光明的未来。这种伟大，是我们今日坚持长期抗战，坚信最后胜利所必须发扬的民族精神！

鲁迅逝世二周年纪念

周恩来

二、一九四五年十月二十日，周恩来参加在重庆文化界纪念鲁迅逝世九周年活动，并最后一个发表讲话，他说："鲁迅先生的许多话，活生生的在记忆之中，成为奋斗的指南针。"他首先提到鲁迅先生所说"革命的文学家至少是必须和革命共同着生命，或深切地感受着革命的脉搏的。"周恩来又说：

我又想到十几年前鲁迅先生曾经说过，对旧社会旧势力的斗争要坚决持久，同时还要注意培养实力，这句话首先说明鲁迅先生的目标非常清楚，要向封建的、复古的、法西斯文化斗争，去开辟新的道路。其次说明了：要是没有这种持久下去的清醒认识，我们就不会了解新文化是需要长时期去建立，而且还要靠人民大众来铺路，要唤起和依靠人民来参加。文化战线要扩大，应广泛吸收文化斗士参加，去动员广大人民为新文化奋斗。鲁迅先生对文化青年新战士的欢迎、提携、培植不遗余力，这精神也是今天非常需要的。鲁迅先生所说的以上三点意见，是今天我们所需要接受的，此也看出鲁迅先生的立场和态度。鲁迅的立场是与革命息息相关，和人民大众站在一起的立场，鲁迅的态度是对敌人狠，对自己严，对朋友和的态度，这种态度是值得每一个作家学习的。

......

三、一九四六年十月十九日，在上海鲁迅逝世十周年纪念会上的演说：

鲁迅先生曾说："横眉冷对千夫指，俯首甘为孺子牛。"这是鲁迅先生的方向，也是鲁迅先生之立场。在人民面前，鲁迅先生痛恨的是反动派，对于反动派，所谓之千夫指，我们是只有横眉冷对的，不怕的。我们要以眼还眼，以牙还牙。假如是对人民，我们要如对孺子一样地为他们做牛的。要诚诚恳恳、老老实实为人民服务。我们要有所恨，有所怒，有所爱，有所为。

除了上述这些有文字记录的演说，周恩来对鲁迅身后事，对鲁迅亲属也多有关心和帮助。一九四六年，在上海鲁迅逝世十周年纪念会上发表演说后，周恩来于次日和许广平、沈钧儒、郭沫若等前往鲁迅墓地祭扫。新中国成立后，身为中央人民政府政务院总理兼外交部长的周恩来,在中南海西花厅办公室内,整整放了两架子书,其中就有他十分喜爱、经常翻阅的《鲁迅全集》。一九六八年三月三日,许广平病逝于北京,享年七十岁。她留下遗言,不保留骨灰。周恩来得知后,提出可少取一点骨灰,撒到上海鲁迅墓前的小松树旁。其中的用意不言而喻,既尊重了各方,又肯定了许广平的地位。

一九七二年二月二十一日,尼克松访华,这是中美关系史上的大事。周恩来为其准备的礼物,就是一套《鲁迅全集》。这一故事多有记述,本书另一篇《纸张寿于金石——〈鲁迅全集〉出版述略》里也有叙述,在此不赘。

不仅如此,周恩来对鲁迅纪念场馆也十分关心。一九五〇年十一月,他为上海鲁迅纪念馆题写了馆名。一九五五年五月二十二日,周恩来来到北京鲁迅博物馆及鲁迅故居参观。我曾读到鲁迅故居的工作人员李育华口述回忆文章,给我留下最深印象的是,周恩来在参观过程中的几次感慨颇能见出他对鲁迅文章、生平的熟稔,对鲁迅作品的了然。看到故居里一件件珍贵的文物和十分简单的陈设,周恩来赞叹道:"鲁迅的生活可真俭朴啊。"参观至西屋时,工作人员又介绍说,鲁迅的母亲送给鲁迅的"爱人"朱安,当时就住在这间屋里。周恩来听到这儿,立刻爽朗地大笑:"咳,那怎么能叫爱人呢!"在故居后园,周恩来询问道:"鲁迅《秋夜》的后园就是这里么? 那两株枣树在哪儿呢?"工作人员说:"《秋夜》里的两株枣树就是邻家院里伸向这边的两棵。"总理抬头看看说,是这两棵么,还活着呢。当他听说原来的两棵已死,这是后来按原位置补种的两棵时,不免有些惋惜,同时又热情地赞叹道:"《秋夜》写得不错呀!"周恩来还在后园过道推开一扇门,知道里面是二十二号,当年是一个姓白的木匠居住里边,"三一八"惨案后,鲁迅还曾在这里避难并写作。总理频频点头,并指示说:"这房子也有意义,应该保留……"可以说,每一句点评都饱含深情而且到位精准。(以上内容摘引自李育华、张小鼎《"小,价值可不小"——忆周总理视察北京鲁迅故居》,见《党史纵横》1997 年第 1 期)

　　这就是鲁迅与周恩来之间的神交,你可以说似乎什么都没有发生过,又可以说深情似海,令人难忘。从中,我们可以感受到一个作家的价值。他的作品被人欣赏、认可,他的人格为人敬仰,围绕在他身边的故事就会特别多,而且多有感人之处。也可以领略到一位杰出政治家的风范,他对杰出的文学家、思想家的赞许,对其作品的阅读,对其思想的弘扬,都可以见出一种道义担当和令人动容的情怀。

# 人生得一知己足矣

## ——鲁迅与瞿秋白

这是一个无法更改的标题，以下所有的讲述，都是为了证明，这句话不可替代、不可转移。

　　一九三二年十一月，鲁迅从上海回到北京探亲，同时应邀前往北京师范大学演讲。据当时的学生事后回忆，为此"校园沸腾了"，原定的礼堂无法容纳蜂拥而至的听众，不得不临时改为在该校教理学院风雨操场露天演讲。这应该也是鲁迅演讲史上最隆重热烈的一次。

　　但这种"待遇"并不是从来就有。一九一二年，鲁迅刚到北京，"鲁迅"这个名字其实还需要再等六年时间才会诞生。那时的周树人，不过是北洋政府教育部的一名小公务员。为了传播美育，他到社会上去开办讲座。据日记，总共讲了五次，一次因为下雨，教室没有开门，而听众最多的一次也不过二十人，最少的一次只有一个人。但不管听众多少，鲁迅都坚持讲完。

这两种截然不同的体验，当事者都应坦然、欣然接受。其实，对于演讲者、授课者抑或交流者来说，听众的多少自然是体现其号召力、影响力的一个方面，但未必是最重要的。我们从来担心的是知音难觅，庆幸的是人生得一知己，为此而欣慰"足矣"。

"人生得一知己足矣，斯世当以同怀视之。"这是鲁迅当年赠予瞿秋白的一副联语。这副联语真切表达了二人之间深厚的、不可替代的情谊，见证了鲁迅对瞿秋白的高度信任与激赏。

可是，为什么是瞿秋白独享鲁迅知己这一殊荣？要说挚友亲朋，鲁迅一生中相遇、相知的可以列举很多。除了年龄，交往上也是如此。从往来密切程度和时间长度讲，比瞿秋白排名靠前者大有人在。"五许"就是一例。鲁迅在世时，曾有一种说法，即鲁迅同姓许的人容易谈得来。其中有同乡、学生许钦文，许钦文的妹妹许羡苏，鲁迅研究宗教的好友、教育部同事许丹（许季上），更有终生挚友许寿裳，最亲密的伴侣许广平。许广平无需多言，许寿裳应是同鲁迅友情最深的好友了。他们是绍兴同乡，一起在日本留学，许寿裳先回国，后介绍鲁迅到杭州教书，继而向蔡元培推荐，使鲁迅进入教育部，北上北京，从此开启了不平凡的人生。许寿裳帮助鲁迅很多，始终同鲁迅保持着密切联系，直至成为鲁迅研究者、传记作者。然而，一九三二年才得以见面相识、与自己年龄相差十八岁之多的瞿秋白，却成了鲁迅世人皆知的知己。个中缘由，着实令人好奇，引人琢磨。

鲁迅与瞿秋白的交往，产生出很多故事，可以评说的角度很多，那是一部大书。本文就想寻找其中的一些侧面，试图回答一个问题，为什么是瞿秋白成为鲁迅的知己。

## 神交："没有见面的时候就这样亲密的人"

一八九九年出生的瞿秋白，是中国共产党早期领导人之一。他曾于一九二七年担任中共临时中央政治局负责人。一九三一年至一九三三年在上海从事革命文化工作。这一时期，瞿秋白专注于自己热爱的文学，又通过"左联"做了大量"革命＋文学"的工作。由此，瞿秋白与鲁迅有了实际往来，成就一段现代文学史上的佳话。

瞿秋白早在""五四""时期就走到了新文学的前沿。他是文学研究会的成员之一。那时的鲁迅，可能也是知晓这个名字的，但的确没有任何往来。一九二三年一月，瞿秋白从苏联回国后，曾经到北京女子师范大学做过讲演，倒是许广平对年轻的瞿秋白留有深刻印象。"留着长头发，长面孔，讲演起来头发掉下来就往上一扬的神气还深深记得。那时是一位英气勃勃青年宣传鼓动员的模样。"（许广平《鲁迅回忆录》）

这一段佳话同样是从神交开启。时间是一九三一年。神交的第一要素，是各自对对方才华的欣赏。

冯雪峰在《回忆鲁迅》中谈到，一九三一年五月初的某一天，他携带刚刚出版的""左联""刊物《前哨》第一期去访茅盾，恰好遇到了瞿秋白、杨之华夫妇。瞿秋白一读《前哨》上面的鲁迅文章《中国无产阶级革命文学和前驱的血》，发出了激赏似的感叹："写得好，究竟是鲁迅！"

瞿秋白对鲁迅文章的赞许不难理解，鲁迅对瞿秋白的欣赏倒让人好奇。冯雪峰谈到，他曾经把瞿秋白对鲁迅通过日文翻译的马克思主义文艺理论著作的意见转达给鲁迅本人，"鲁迅并不先回答和解释，而是怕错过机会似的急忙说：'我们抓住他！要他从原文多翻译这类作品！以他的俄文和中文，确是最适宜的了'"。这体现了鲁迅对瞿秋白天赋与才能的赏识。

从冯雪峰文章里，我们可以知道，鲁迅对瞿秋白的才华经常赞不绝口。他不仅认可其翻译水平，对瞿秋白的杂文和论文，也是欣赏有加。同冯雪峰交谈时，鲁迅曾评价瞿秋白的杂文"尖锐，明白，'真有才华'"，"何苦（瞿秋白别名——引者注）的文章，明白畅晓，真是可佩服的。"对瞿秋白的论文，鲁迅则认为："真是皇皇大论！国内文艺界，现在还没有第二个人！"

作为青年和晚辈，瞿秋白对鲁迅的文学才华可以用敬仰来定位。在两人见面之前的"神交"阶段，瞿秋白每一见到冯雪峰，都会"鲁迅，鲁迅"地说个没完。而谈到杂文以及对中国社会和历史的观察与分析，瞿秋白总是称赞鲁迅："鲁迅看问题实在深刻"。

神交的第二要素，是相互激赏中的坦率真诚。为什么鲁迅与瞿秋白年龄相差很大，并无见面机缘，却仿佛"见字如晤""一见如故"？用冯雪峰的话说，两人并未见过面，事务性的往来，大半由冯雪峰做中间人传达，"但他们中的友谊却早已经很深了"。虽然只是间接的交往，"鲁迅先生早已经把秋白同志当作自己多年的老朋友看待了"。而瞿秋白呢，更直接地表达："我们是这样亲密的人，没有见面的时候就这样亲密的人。"其情可感。

　　之所以能达到这样的神交境界，依我理解，在各自对对方文学才华赞赏的同时，还需要时常能坦诚地表达自己对具体的写作行为及作品的看法，直率地提出不同的意见。鲁迅是这样，瞿秋白也一样。瞿秋白第一次激赏鲁迅发表在《前哨》上的文章，同时也指出，文中"战叫"一词，如果别人念出来，听众是听不懂的。关于鲁迅通过日文翻译马克思主义文艺理论，瞿秋白也表达了自己的看法。而鲁迅的反应是，瞿秋白直接从原文翻译，的确会更精准。鲁迅通过冯雪峰请瞿秋白从俄文翻译卢那察尔斯基的《被解放的唐·吉诃德》，虽然鲁迅之前已通过日语译过。而译文在《北斗》发表时，又附了瞿秋白自己撰写、以编者名义登出的一段声明："……找到了一本新的版本，比洛文先生（指鲁迅——引者注）原来的那一本有些不同，和原本俄文完全吻合，所以由易嘉（指瞿秋白——引者注）从头译起"。一九三一年十二月五日，瞿秋白致信鲁迅，畅谈翻译问题。他还在信中就鲁迅转译自日译本的《毁灭》（法捷耶夫）存在的问题给予直接指陈。在讲完自认为的问题之后，瞿秋白写道："所有这些话，我都这样不客气的说着，仿佛自称自赞的。对于一般庸俗的人，这自然是'没有礼貌'，但是我们是这样亲密的人，没有见面的时候就这样亲密的人。这种感觉是我对于你说话的时候，和对自己说话一样，和自己商量一样。"有些人认为刻薄的鲁迅，瞿秋白却天然地相信是知己之交。

作为鲁迅一方，对年轻的瞿秋白在写作上的表现当然也会提出坦诚的意见。比如鲁迅认为瞿的杂文"深刻性不够、少含蓄、第二遍读起来就是'一览无余'的感觉"。

在相互欣赏中又各自可以提出对对方的意见及更高期许，这正是真正的友谊所必备的要素。最重要的是，他们各自都虚怀若谷，坦然听取和接受对方的意见。鲁迅对瞿秋白杂文的意见，瞿秋白"自己也承认"。而瞿秋白对鲁迅杂文具有建议性的看法，鲁迅也认为，"分析是对的。以前就没有人这样批评过。"冯雪峰说，鲁迅谈到此时，"态度是愉快而严肃的"。"愉快而严肃"，真是准确表达了他们二人真诚"相见"的风范与境界。

神交的第三个要素，我认为是观点的一致和精神上的相互信任。如果说鲁迅和瞿秋白的友谊从一开始就是"平起平坐"的平等关系，而非一个自认导师，另一个甘愿膜拜，那一个很重要的原因，应该是他们对很多问题的看法，观点总是天然地一致，精神上又互相信任，没有芥蒂。从这一点来说，"知己"的味道就充分彰显出来了。可以说，许寿裳是鲁迅的老友,但可能还不是对谈的"对手"。甚至可以妄说,从文学才华的角度讲,两者其实是不对等的。瞿秋白年轻许多,但他早已是革命队伍中的一员,而且位居中共党内领导地位,他对社会、历史的分析和看法,革命的实际经验,都是鲁迅知晓的。从这一意义上说,他们之间的往来和对话,天然的具有对等意味。

事实也是如此。瞿秋白在上海时直接参与并领导"左联"工作。用冯雪峰的话说,瞿秋白领导"左联",并非来自组织决定和任命,而是他自己出于对革命事业的责任和对文学的热爱所致。一九二八年以来,太阳社和创造社在有关革命文学问题上,与鲁迅存在分歧,有过论争。鲁迅也正是在此背景下认真阅读并翻译了一些马克思主义文艺理论,希望从中寻找正确的、科学的理论,以求中国革命文艺能朝着正确的道路发展。在努力使"左联"从左倾错误路线摆脱出来的过程中,瞿秋白起到了鲁迅这个非党员无法起到的作用。据茅盾回忆,鲁迅虽是"左联"主帅,但由于其政治身份,"所以'左联'盟员中的党员同志多数对他尊敬有余,服从则不足"。瞿秋白的出现非常及时,"他在党员中的威望和他文学艺术上的造诣,使得党员们人人折服。所以当他参加了'左联'的领导工作,加之他对鲁迅的充分信赖

和支持,就使得鲁迅如虎添翼"。[茅盾《我走过的道路(中)》]

文学才能上的相互欣赏,对革命文学认识和理解上的相同,在领导左翼文学事业上的相得益彰,这种默契以及由此产生的信任,才应该是鲁迅与瞿秋白可以超越年龄、身份的界线,在精神上走到一起的根本原因。在《关于翻译的通信》中,瞿秋白称鲁迅为"敬爱的同志",鲁迅的回信则写道:"敬爱的 J. K. 同志"。这是他们在多方面默契和高度一致后得出的结果,是志同道合与充分信任的象征,是神交的最高境界。


## 相识:话语无边的对谈

同居上海,神交已久,却无缘得见。瞿秋白特殊的政治身份是造成这种情形的重要原因。时至一九三二年,应当是初夏时节,瞿秋白、杨之华夫妇去北四川路的拉摩斯公寓拜访鲁迅和许广平。这是他们第一次见面。果然不出所料,二人一见如故,交流顺畅,话题不断,仿佛是失散多年的亲人一般。据同在现场的许广平回忆:"鲁迅和瞿秋白一开始相见就真像鱼遇着水,融洽自然。"(许广平《秋白同志和鲁迅相处的时候》)"鲁迅对这一位稀客,款待之如久别重逢有许多话

要说的老朋友,又如毫无隔阂的亲人骨肉一样,真是至亲相见,不须拘礼的样子。"（许广平《瞿秋白和鲁迅》）

在许广平的回忆中,他们谈得特别投机,"从日常生活,战争带来的不安定,彼此的遭遇,到文学战线上的情况,都一个接一个地滔滔不绝无话不谈,生怕时光过去得太快了似的"。而且,"为了庆贺这一次的会见,虽然秋白同志身体欠佳,也破例小饮些酒,下午彼此也放弃了午睡。还有许多说不完的话要倾心交谈哩,但是夜幕催人,没奈何只得分别了。"（许广平《瞿秋白和鲁迅》）

这一次访问,开启了两人之间的"线下"交往。九月一日上午,鲁迅、许广平携海婴到瞿秋白家中作客,又是一场停不下来的对话。这次的谈话主题主要围绕瞿秋白所写的文字改革方案,二人就有关语文改革和文字发音的问题反复讨论。

瞿秋白在上海期间,基本上过的是东躲西藏的生活。从初始的茅盾家里,到冯雪峰等介绍租住在进步人士谢澹如处,再到同冯雪峰合住,以及避居其他一些机构内,瞿秋白抱着病躯颠沛流离。

这期间,瞿秋白还曾三次到鲁迅家中避难。

第一次是一九三二年十一月。瞿秋白、杨之华来到鲁迅家中,正值鲁迅北上北平探亲。许广平把家中惟一的双人床让出。鲁迅这次探亲一直到二十九日,在北师大做完演讲后开始返程。那次演讲就是本文开篇所述的风雨操场经历。第二天鲁迅回到沪上家中,见到瞿秋白夫妇,又是一次愉快的相处。"看到他们两人谈不完的话语,就像电影胶卷似地连续不断地涌现出来,实在融洽之极。"(许广平语)这一次避难,大约经历了一个多月时间。十二月七日,瞿秋白手抄自己青年时的一首七绝赠予鲁迅。诗曰:

> 雪意凄其心惘然,江南旧梦已如烟。
>
> 天寒沽酒长安市,犹折梅花伴醉眠。

十二月九日,他又以高价购买一套玩具赠予海婴。据鲁迅日记,这一套玩具名叫"积铁成象",类似于积木玩具。据瞿秋白的外甥、学者王铁仙论述,这次避难大概止于十二月二十五日左右。是陈云亲自到鲁迅寓所,"送瞿秋白到党的一机关去住"。王铁仙借陈云在一九三六年十月写的《一个深晚》一文的描述道:"鲁迅向秋白同志说:'今晚你平安的到达那里以后,明天叫上××(雪峰)来告诉我一声,免得我担心。'……当我们下半只楼梯的时候,回头去望望,鲁迅和女主人还在楼梯目送我们,看他那副庄严而带着忧愁的

脸色上，表现出非常担心我们安全的神气。"（1980年5月3日《人民日报》重新发表）

第二次避难是在一九三三年二月。这次避居，成就了一本书，即鲁迅与瞿秋白合编，署鲁迅笔名乐雯，由鲁迅作序的《萧伯纳在上海》。

第三次避难则是在一九三三年七月下半月。本来，瞿秋白夫妇在鲁迅的努力和内山完造的协调下，已于三月住进了相对安全，离鲁迅居住的拉摩斯公寓不远的东照里（冯雪峰称是"日照里"），到四月十一日，鲁迅一家搬到了大陆新村，与瞿秋白的住处仅隔一条马路，往来就更加密切频繁。大约住到六月初瞿秋白又搬出东照里，去冯雪峰处居住。据冯雪峰记述，这一改变是因为瞿秋白想离党的机构更近，更方便为党做事写文章。但很快这里就被发现，必须迅速搬出。这就有了瞿秋白第三次到鲁迅家中避难的经历。那是七月下半月某天，已是夜半时分，鲁迅一家被敲门声惊醒，是瞿秋白独自避难而来。再过一些时辰，敲门声又起，是杨之华紧急赶来。不说这二人的安危和可能带来的风险，单说瞿秋白夫妇深夜分别来鲁迅家中避难，不是知己，有谁能如此不见外呢？

直到一九三四年一月离开上海奔赴瑞金苏区工作，瞿秋白不知道多少次与鲁迅互访,尤其是到鲁迅家中避难,他们之间也因这不平凡的岁月加深了情谊并经受了考验。瞿秋白临行前仍然来向鲁迅道别。一月四日晚,瞿秋白来到鲁迅家。鲁迅一定预感到未来见面很难,这注定会是一次长久的离别。鲁迅让出床铺,自己和许广平则在地板上搭铺休息。他以这样的方式"稍尽友情于万一"。(许广平语)一月九日,鲁迅收到瞿秋白临行前写给他的信。二十八日,又收到瞿秋白告知将要到达苏区的信。

这里必须要穿插的是,瞿秋白夫妇住进东照里后,把一间小小的亭子间装饰得颇有家庭模样。而最为烘托气氛的,就应该是在墙壁上挂了鲁迅手书并赠送的那副联语。那副联语,是从清人何瓦琴(本名何溱)语而来。联曰:

疑仌(凝冰)道兄属

　　人生得一知己足矣

　　斯世当以同怀视之

　　　　　洛文录何瓦琴句

"凝冰",是瞿秋白用过的名字。因为鲁迅,本来知晓者并不多的何瓦琴及其两句话,从此流传开来,直至成为表达友情的经典名句。这句话同时也成为鲁迅、瞿秋白知己之情的专属用句。以致我写这篇文章时,标题似乎已经不可能再有它选。

要说知己佳话,莫不过此。

## 合作:用文字并肩战斗

友情建立于对许多问题共同的认知,在翻译、创作、著述方面的相互欣赏和信任。鲁迅与瞿秋白之间也的确有多次合作的经历,这既是知己之情的见证,也是加强和巩固这种情谊的实践途径。虽然两人年龄差距大,认识时间晚,交往时间短,但在著述方面留下的合作佳话,在鲁迅这里都是最多的,更不用说瞿秋白了。

他们合作撰写杂文。鲁迅是杂文家,他是现代杂文的首创者,也是这种文体达到最高峰的集大成者。但我们不能忘记一个背景,鲁迅的杂文,不但让被讽刺的人们所憎恨,也为一些高雅人士所不以为然,甚至还有人或假意或当真地认为,鲁迅的杂文写作耽误了他在小说创作上可能达到的更高成就。

瞿秋白是鲁迅杂文写作的坚定的支持者,他本人也是擅写杂文的文学家。当然,从杂文写作的意义上讲,瞿秋白无疑只是鲁迅的学生。可就是这样一位学生辈的人，竟然有多次和鲁迅合作撰写杂文的机会。这些杂文多数由瞿秋白在两人讨论的基础上写成，经过鲁迅的修改而定稿，用鲁迅的笔名发表。它们大多收入到鲁迅的杂文集当中，证明鲁迅认可这些杂文是自己的作品。那是鲁迅与瞿秋白居住更近，往来最频繁的时期。一九三三年六月起，署名"洛文"的杂文不时在上海的报纸上出现，计有《王道诗话》《伸冤》《曲的解放》《迎头经》《出卖灵魂的秘诀》《最艺术的国家》《内外》《透底》《大观园的人才》《中国文与中国人》《关于女人》《真假堂吉诃德》等十二篇杂文。这些杂文包含着他们对同一问题的一致态度，凝结着二人杂文写作上的心血和技巧。这些杂文由许广平誊抄后，以鲁迅笔名寄给报刊发表。

对于这一写作经历，许广平曾回忆说："在他和鲁迅见面的时候，就把他想到的腹稿讲出来，经过两人交换意见，有时候会补充或变换内容，然后由他执笔写出。他下笔很迅速，住在我们家里时，每天午饭后至下午二三时为休息时间，我们为了他的身体健康，都不去打扰他。到时候了，他自己开门出来，往往笑吟吟地带着牺牲午睡写的短文一二篇，给鲁迅来看。鲁迅看后，每每无限惊叹于他的文情并茂的新作是那么精美绝伦，其思想和艺术上的成就，已经达到了那个历史时期杂文的高峰，堪与鲁迅并驾齐驱，成为领袖群伦的大手笔。"

这种合作经历，在鲁迅创作史上恐怕是惟一的。那么，为什么是瞿秋白写的杂文，鲁迅修改后以自己的笔名发表，特别是收入自己的杂文集中？首先它们的确是二人共同心血的结果，其次是事先的约定，再其次，鲁迅是为保护瞿秋白特殊的红色政治身份而刻意如此。事实上，他们合作的杂文共有十四篇，有两篇《〈子夜〉和国货年》《"儿时"》也以鲁迅笔名发表，但并未经鲁迅修改，所以也没有收入自己的杂文集。两人合作的杂文，《瞿秋白文集》也有收入，则是瞿写而未经鲁迅修改的形态。（此说见王铁仙《瞿秋白文学评传》）将二者进行对读，应该是一件很有趣的事。

他们曾合作编书。一九三二年，英国作家、诺贝尔文学奖获得者萧伯纳到访上海。这次访问宋庆龄负责接待，蔡元培、林语堂等沪上文化名人齐聚宋宅与其会面。鲁迅是由蔡元培的车子接去见面的。这次一天不到的来访产生了很大轰动。我本人曾对此有过一篇专文《一次闪访引发的舆论风暴——鲁迅与萧伯纳》。萧伯纳的这次访问，留下很多趣事。其中之一，是在其离开上海后，鲁迅与瞿秋白合力编了一本《萧伯纳在上海》。因为萧伯纳来访期间，瞿秋白正在鲁迅家中避居。朝夕相处也为共同合作提供了条件。

《萧伯纳在上海》，署为"乐雯剪贴翻译并编校"。乐雯原是鲁迅的笔名。书中收入了萧伯纳来访前后上海各报的各种相互矛盾、众说不一的报道与评论。由鲁迅作序，一九三二年三月由野草书屋出版。鲁迅的序文写得辛辣而妙趣横生。其中特别强调，编译此书的主要用意，是把它"当作一面平面的镜子，在这里，可以看看真的萧伯纳和各种人物自己的原形"。

他们都为对方编选了文集。而这种编选，不但体现了各自对对方创作成就的高度认可，更可以见出发自心灵深处的理解和思想精神上的共识。瞿秋白编选《鲁迅杂感选集》是在两人于上海往来密切时期。鲁迅多次无私地、冒着极高的危险救助瞿秋白，不只是接纳避难，在经济上也尽其所能给予援手。对此，瞿秋白充满感激。无以回报之下，他想到了根据自己的理解来编选一本《鲁迅杂感选集》。他曾经对夫人杨之华表示："我感到很对不起鲁迅，从前他送我的书我都在机关的时候失去了，这次我可要有系统地阅读他的书，并且为他的书留下一个永久的纪念。"（杨之华《〈《鲁迅杂感集》序言〉是怎样产生的》，《语文学习》1958 年第 1 期）

比编书、选文更重要的是，瞿秋白为此写下了长达一万七千字的序文。这是最早用马克思主义观点评价鲁迅思想与创作的经典文献。这篇长文证明，以鲁迅目光如炬的判断力，认定瞿秋白为知己是有道理的。因为瞿的文章中对鲁迅的评价，句句入得鲁迅内心，颇具感应。一些论断直至今天都具有定论性的高度。比如："可是，正因为一些蚊子苍蝇讨厌他的杂感，这种文体就证明了自己的战斗的意义。……谁要是想一想这将近二十年的情形，他就可以懂得这种文体发生的原因。""是的，鲁迅是莱谟斯，是野兽的奶法所喂养大的，是封建宗法社会的逆子，是绅士阶级的贰臣，而同时也是一些浪漫谛克的革命家的诤友！他从他自己的道路回到了狼的怀抱。""现在的读者往往以为《华盖集》正续编里的杂感，不过是攻击个人的文章，或者有些青年已经不大知道陈西滢等类人物的履历，所以不觉得很大的兴趣。其实，不但陈西滢，就是章士钊（孤桐）等类的姓名，在鲁迅的杂感里，简直可以当做普通名词读，就是认做社会上的某种典型。"可以说，这些论述不但精辟准确，而且都是知心之论。这些观点，同时代的绝大多数人不但难以解析，甚至还是一些人误读、攻击鲁迅的论点。

瞿秋白最后对鲁迅杂文特质做了高度凝练的概括：第

一,是最清醒的现实主义;第二,是"韧"的战斗;第三,是反自由主义;第四,是反虚伪的精神。他认为:"这是鲁迅——文学家的鲁迅,思想家的鲁迅的最主要的精神。他的现实主义,他的打硬仗,他的反中庸的主张,都是用这种真实,这种反虚伪做基础。"

对鲁迅杂文的知心精解,站在革命立场上的高度概括,让鲁迅非常佩服和感动。在收到《鲁迅杂感选集》的版税后,鲁迅马上就将二百元编辑费全部付与了瞿秋白,以帮助他度过在上海的艰难时日。

鲁迅也为瞿秋白编了文选,那是瞿秋白牺牲后的事了。

## 知己:一种无私的情怀

瞿秋白前往苏区途中和到达之后,都保持着跟鲁迅的通讯。得到平安信息,鲁迅为之欣慰。一九三五年二月二十四日,瞿秋白肺病日益严重,辗转中在福建长汀被捕。六月十八日,瞿秋白从容就义。

鲁迅始终惦念瞿秋白的安危。开始时也很为身边失去这样一位才俊感到遗憾。一九三四年三月四日致信萧三说:"它兄(指瞿秋白——引者注)到乡下(江西瑞金——引者注)去了,地僻，不能通邮，来信已交其太太看过，但她大约不久也要赴乡下去了，倘兄寄来原文书籍，除英德文者外，我们这里已无人能看，暂时可以不必寄了。"一九三五年一月六日致信曹靖华："它嫂平安，惟它兄仆仆道途，不知身体如何耳。"

瞿秋白在没有暴露身份的情形下，写信向鲁迅求救。"鲁迅曾设法筹款，计划开一铺子，以作铺保去保释瞿秋白，未成功。"（王铁仙《瞿秋白文学评传》）由于叛徒告密，瞿秋白于五月身份暴露。消息传来，鲁迅"一直木然地坐在那里，一言不发，头也抬不起来"。（杨之华《忆秋白》）之后，鲁迅仍然试图进行营救，均以无望告终。一九三五年五月十七日，在致胡风信中暗示最坏结果："那消息是万分的确的，真是可惜得很。从此引伸开来，也许还有事，也许竟没有。"五月二十二日，致曹靖华信说："它事极确，上月弟曾得确信，然何能为。这在文化上的损失，真是无可比喻。许君已南来，详情或当托其面谈。"这里的"许君"，是指鲁迅的挚友许寿裳，希望他能通过蔡元培营救瞿秋白。眼看营救无望，六月十一日，又致信曹靖华说："它兄的事，是已经结束了，此时还有何话可说。"

瞿秋白的牺牲给鲁迅带来极深的悲痛。一直到是年十二月十九日，鲁迅在致曹靖华信中还在暗示："史兄（指瞿秋白——引者注）病故后，史嫂由其母家接去，云当旅行。"许广平回忆："秋白逝世以后，鲁迅在很长一个时期内悲痛不已，甚至连执笔写字也振作不起来。"

但鲁迅是清醒的，他很快就从激愤与哀伤中振作起来。六月下旬，在自己深受病痛折磨的过程中，抱病筹划出版瞿秋白的译文集《海上述林》。十月起，亲自着手编辑。"下午编瞿氏《述林》起"（十月二十二日日记）。从集资、编辑、校对，到封面、装帧设计甚至挑选纸张，鲁迅都亲自过问，亲自来做。由于国内无法公开出版，他请内山完造将书稿寄送到日本出版。《海上述林》分上下卷，封面印有鲁迅亲笔写的三个拉丁字母"STR"（瞿秋白笔名史铁儿），以及"诸夏怀霜社校印"字样，这是鲁迅起定的名称，意指华夏儿女怀念瞿秋白（瞿秋白亦名瞿霜）。

鲁迅在病重中写下书讯，从中表达出对一位知己的高度评价：

> 本卷所收，都是文艺论文，作者既系大家，译者又是名手，信而且达，并世无两。其中《写实主义文学论》与《高尔基论文选集》两种，尤为煌煌巨制。此外论说，亦无一不佳，足以益人，足以传世。

鲁迅还亲自拟定赠书名单，让更多人分享。这份名单中，就有毛泽东、周恩来等远在延安的中共领导人。

鲁迅编辑、出版《海上述林》，让人想起瞿秋白编选、出版《鲁迅杂感选集》。鲁迅自己也这样动情地表达过："我把他的作品出版，是一个纪念，也是一个抗议，一个示威！""人给杀掉了，作品是不能给杀掉的，也是杀不掉的。"（冯雪峰《回忆鲁迅》）这句话，正是仿用了瞿秋白的狱中宣言："我的躯体可以被毁灭，但我的灵魂我的革命精神是永存的！"

一九三六年八月二十七日，鲁迅信告曹靖华："它兄集上卷已在装订，不久可成，曾见样本，颇好，倘其生存，见之当亦高兴，而今竟已归土，哀哉。"而对下卷的出版，鲁迅也是多方催促，希望书稿"从速结束，我也算了却一事，比较的觉得轻松也。"（一九三六年八月三十一日致茅盾）直到逝世前两天的一九三六年十月十七日，鲁迅仍然惦记着下卷的出版。

佳话总免不了遗憾，鲁迅生前并没有能够看到下卷的出版发行。对于后世读者来说，故事已经足够圆满。两人之间天然的好感，相互的欣赏，相见后的一见如故，共同合作的振奋，毫无芥蒂的信任，一别之后的惦念，相互间无私的帮助，各自为对方所做的默默的工作，都让人感受到一种美好的人间友情。由此可说,鲁迅写下那句"知己"名言,一定是深思熟虑的友情表达。

鲁迅与瞿秋白,是一个难以穷尽的话题。他们从神交到相识到合作到悼念,始终未有过失望,是真正的知己之交。他们的交往是中国现代文学史上的一段佳话,更是基于共同追求与理想的心灵共振,是值得铭记和弘扬的人间真情。

二〇二二年九月三日于北京西山

# 一桩事实的诸多谜团

## ——鲁迅与陈赓

讨论本文题目所涉话题，对我而言不是一件轻松的事。我之前所述鲁迅与中国共产党人的交往，过程中逐渐发现并强调，他们之间多以神交为主。但这种"神"性的认知或许正好为自己寻找到一种理由，我探寻的主要是鲁迅与相关人物文字上的往来以及精神上的联系。这既为言说打开了空间，又为探寻话题之上的意义找到了理由。不过，将这种方式和诉求放到鲁迅与陈赓时，忽然觉得失效了。因为陈赓本人就是一位军事人物，在文学上并没有什么专门追求，与鲁迅也没有什么文字上的往来。可是，他们却有一个传奇式的见面故事。这个故事的真实性无可置疑。只是，由此展开的分歧却构成一个个谜团，让人有扑朔迷离之感。

我很想把这个只在专家之间讨论的故事讲述给更多读者。于是，就想对这些分歧、争论进行梳理，以获得对故事主体的了解。

关于鲁迅与陈赓，可以肯定的是：

他们曾经在上海有过见面。

但不能肯定的是：

他们见面的次数是一次还是两次？

见面的时间究竟是哪一年哪一月？

他们见面时究竟有谁陪同？

即使陈赓本人有了回忆文字，即使陪同者纷纷拿出证据，却仍然不能有一个服众的定说，反而使故事裂变成为一个歧义丛生的谜团。

## 关于起因：究竟为什么要见面

鲁迅与陈赓见面的大概轮廓是，时在一九三二年，肯定是下半年，红四方面军从鄂豫皖到四川的转移途中，陈赓因为腿部受伤，不能带领部队继续前行，历经曲折到上海治疗。在上海期间，因为讲述红军在前线英勇战斗的故事而感动了很多人。大家一致认为，应该请一位作家将这些故事写下来，以激励更多人。鲁迅被公认为是首选。经冯雪峰之手，鲁迅读到了这些讲述的油印材料，也觉得可以尝试来写成小说。为此，他提出要与陈赓见面，以获得更多感性材料。于是就有这样一个神奇的见面故事。这个故事是由当事人之一、被誉为鲁迅研究"通人"的冯雪峰最早透露而被确认的。冯雪峰在一九五二年出版的《回忆鲁迅》中写道：

> 那是一九三二年，大约夏秋之间，陈赓同志（就是后来大家知道的陈赓将军）从鄂豫皖红四方面军方面来到上海，谈到红军在反对国民党围剿中的战斗的剧烈、艰苦和英勇的情形，听到的人都认为要超过苏联绥拉菲摩维支的《铁流》中所写的。大家都认为如果有一个作家把它写成作品，那多好呢？于是就想到鲁迅先生了。那时候朱镜我同志在中央宣传部工作，他把油印的材料交给我送去请鲁迅先生看，并由我和他谈……我记得，鲁迅先生当时也认为这是一个任务，虽然没有立刻接受，也并没有拒绝，说道："看罢。"几天之后，鲁迅先生还请许广平先生预备了许多菜，由我约了陈赓和朱镜我同志到北四川路底的他的家里去，请陈赓同志和他谈了一个下午，我们吃了晚饭才走的。鲁

迅先生大概在心里也酝酿过一个时候，因为那以后不久曾经几次谈起，他都好像准备要写似的。……但后来时过境迁，他既没有动笔，我们也没有再去催他了。不过那些油印的材料，他就保存了很久的时候。

这个最早的披露与故事的发生之间，其实也已经有了二十年的距离。冯雪峰的描述或许还是孤证，但相关证据很快到来。一是故事的主角陈赓的回忆。那是一九五六年，鲁迅逝世二十周年之际，陈赓接受了对此故事产生深厚兴趣的张佳邻的来访。他的回忆同冯雪峰的讲述基本一致：

> 那是在一九三二年，大约夏秋之间，我们红四方面军从鄂豫皖突围去四川，当时我的腿负伤了，不能再行军，党便让我到上海去医治。
>
> 到上海后，我住在一个私人开设的医院里，这个医生很同情我们，他收留了我，愿意替我医治。当时我们在上海做地下工作的同志，都很关心苏区的情况，我曾给他们讲了一些我们红军在反国民党"围剿"时的战斗故事。那些战斗的艰苦和剧烈，我们红军所表现的忠诚和勇敢，真是超乎人们的想象的，要是比起当代那些

描写战争的作品里所表现的，不知要超过多少倍了。我们当时很希望人民能知道革命和红军所经受的这一切艰难和困苦。

当时在党中央宣传部工作的朱镜我同志，把这些事情都记录下来，后来他们送给鲁迅先生看。鲁迅先生看了这些材料非常兴奋，他听说我正在上海治病，便几次和冯雪峰讲，邀我到他家去谈谈。我们党也很希望鲁迅先生能把苏区的斗争反映出来，以他的才能、修养，一定可以写得好的，在政治上会起很大的宣传作用。党同意我去见鲁迅先生。

到访者和陪同者都有一致的说法。故事的真实性是毋庸置疑了。更不用说，除了人证之外又发现了物证。

就在冯雪峰《回忆鲁迅》出版之后不久，上海鲁迅纪念馆的工作人员在清理鲁迅遗物时，偶然发现从一本杂志中掉下一张纸片。这张纸片是用铅笔画出的草图，还有一些地名的标注。辨认过程中，"有人想起，冯雪峰在《回忆鲁迅》中谈到陈赓曾经到鲁迅家里来谈过苏区的事情，再对照图上的地名，都是安徽、河南、湖北一带地名，怀疑与此有关。于是，就拿去请陈赓将军辨认。陈赓将军看到这张纸片，即表示，这是当年他在鲁迅家里跟鲁迅介绍红军在战争中的情况时，为了便于说明起见而画的一张鄂豫皖根据地示意图。"（王锡荣《鲁迅与陈赓见过几次面》，《鲁迅生平疑案》，人民文学出版社）

人证物证齐全，这个传奇的故事就由一个传说定性为历史故事了。然而分歧也正由此产生。这是后话。我想先探讨一下，鲁迅为什么要见陈赓？

按照冯雪峰和陈赓的回忆，鲁迅是见到了陈赓的讲述材料后，决定接受冯雪峰等人的建议，创作一篇反映红军战斗的小说，与陈赓见面的原因，就是准备接受这一任务以获得感性材料和丰富素材。"鲁迅先生当时也认为这是一个任务"，"鲁迅先生大概在心里也酝酿过一个时候"，"他都好像要写似的"，"但后来时过境迁，他既没有动笔，我们也没有再去催他了"。也就是说，鲁迅要写一篇以红军为题材的小说，是因为陈赓在上海的出现而起的想法，直接地说，是他准备接受的一个任务。学者包子衍也曾以鲁迅书信为旁证确证这一点。即鲁迅一九三三年三月一日在致日本友人山本初枝的信中说："去年底，我本想在今年二月以前写出一个中篇或短篇，但现已是三月，还一字未写。"而学者陈漱渝对此并不完全认同。"因为鲁迅不是见陈赓之后才有写这小说的想法，而是在会见之前就有了写的想法，他与陈赓见面，'只不过是为了进一步丰富创作素材。'"（转引自王锡荣文章的观点归纳）这里涉及到至少三个问题：鲁迅究竟什么时候决定写红军题材小说的？他见陈赓的目的是为了补充素材还是决定是否动笔？鲁迅所说的打算一九三二年底前要写的小说一定是红军题材么？之所以有第三个问题，是因为鲁迅在一九三三年三月一日同一天还给另一日本友人增田涉写了一封信，信末都是"三月一日、夜"的标记。而在这封信里，鲁迅则写道："我虽也想写些创作，但以中国现状看来，无法写。"这个表达与红军题材看上去并不直接关联。但至少说明鲁迅那时期真的在想创作小说。据冯雪峰回忆，关于红军题材，鲁迅说过"写是可以写的"，"写一个中篇，可以"，"要写只能像《铁流》似的写，有战争气氛，人物的面目只好模糊一些了"。而鲁迅最终未写出的原因，冯雪峰认为，并不是鲁迅没有想写的心思，应该是对红军了解不深入。这也反映出鲁迅对待创作品的严谨态度。再加上国民党对苏区进行围剿，对文化界也是相当严厉，都是造成鲁迅没有动笔的原因。就此而言，他对增田涉所说的"但以中国现状看来，无法写"，或许正是指这一创作。

可以说，鲁迅与陈赓见面的起因，一定是与创作小说有直接关系的。问题只在于，鲁迅是事先决定要写，再去读陈赓的材料，进而约陈赓见面以求丰富素材，还是读了陈赓的材料，进而接受冯雪峰等人的建议要写，再请陈赓来谈话。总之，这是一次文学家与军事家的会面，是一次创作行动的前奏，尽管这个创作最终没有完成。"不过那些油印的材料，他就保存了很久的时候；我记得一直以后他还问过我：'那些东西要不要还给你？'我说：'不要，你藏着如不方便，就烧毁了罢。'在他逝世以后，许广平先生有一次还谈起过，说鲁迅先生曾经把那些材料郑重其事地藏来藏去。"(《鲁迅回忆》,《冯雪峰全集》第 4 卷第 272 页,人民文学出版社)可以相信，鲁迅是把那些材料既当作红军战斗的史料珍藏，也是当作创作素材保存。我们更可以想象，如果这些小说真的写成了，那又是一个何等热烈的文学史讨论话题。

## 关于见面：一张草图引发的见面次数之争

在冯雪峰和朱镜我的陪同下，陈赓与鲁迅先生在北四川路的拉摩斯公寓见面了。这是为了一次"主题创作"而促成的会面。他们谈了一个下午，并且一起吃了晚饭，夜很深了才告别。许广平没有参与谈话，她整个下午都在忙着做晚饭。冯雪峰回忆说："鲁迅和陈赓谈话的时间很长,我记得那天许广平同志还做了一锅牛肉。"(《与冯雪峰的三次谈话记录》,《冯雪峰全集》第9卷第372页)尽管如此,冯雪峰和陈赓在二十年后的回忆都坦承无法复原诸种细节。陈赓说"可惜时间相隔太久,许多细节和谈话的具体内容已无从追忆了。"但这种记忆的模糊并不影响事实本身的存在。分歧的起因倒是证据的进一步增加。这就是那张从鲁迅遗物中发现的小纸片。当上海鲁迅纪念馆的工作人员去向陈赓求证时,得到了陈赓的确认,这张绘图正是陈赓向鲁迅描述有关红军战斗或根据地形势时所画。(据王锡荣《鲁迅与陈赓见过几次面》,《鲁迅生平疑案》第207页)这个情节里略有遗憾的是,没有再及时得到冯雪峰同志的确认。这为故事留下了伏笔。

　　一直到二十世纪七十年代,差不多又过了二十年,著名作家、翻译家、出版家楼适夷提出了新说。那是因为楼适夷在参观鲁迅纪念馆陈列时看到了这张草图,才恍然大悟,那张草图正是自己当年在鲁迅家中亲眼见过的。也才意识到,当年他陪同的一位共产党"负责同志"原来正是赫赫有名的陈赓。一九七八年五月,楼适夷发表了《鲁迅二次见陈赓》一文,提出了鲁迅与陈赓"第二次见面的事实"。也就是说,楼适夷认为,除了冯雪峰所说的见面之外,还有自己陪同的一次。于是,鲁迅与陈赓见面究竟是一次还是两次成为公开的分歧点。

其实,见面是一次还是两次的分说,并不是从一开始就有,而是随着讨论的深入变出来的。我查阅了《黄源楼适夷通信集》(上),可知,楼适夷早在一九七三年就在同黄源的通信中多次提到此事。由此可知,两次见面说是随着讨论的进展而增加出来的。一九七三年六月七日,楼适夷第一次谈到此事:"我在(19)28年认识先生,(19)31—(19)33年一段,与先生有接触,但不多,记忆力也很坏,如(19)32年陪陈赓同志去见鲁迅,实际是我不是雪峰,谈话约六七小时,可是具体的话,能记清的就不多了。"十一月二十四日,黄源致信楼适夷试图帮助其考证:"兄和陈赓同志去会见鲁迅先生,是一九三二年七月十二日,日记上:'十二日晴,上午伊赛克君来(美国人伊赛克)。下午明之来。'确否?"这是黄源根据鲁迅日记做出的推测。此说很快就被楼适夷本人否认。他在次日即十一月二十五日的复信中(那时京杭之间的信件居然次日即到,神速!)谈道:

所问陪陈赓同志见鲁迅事,我在《日记》上也早已查过,一直查不出来,你说的32年7月12日显然不对,我记得很清楚,天气有点凉意,陈赓同志穿的是一件灰色长袍,应该是已在九十月之间,但查《日记》,那一天也不像,一般先生对于这种与地下党有关接触,是不作记载的,所以就没法查了。年代是不会错的,是"一二·八"之后,搬居大陆新村之前,在北川公寓。楼窗上有一块玻璃被子弹打穿,先生还指着给我们看。这一点记清楚的。还有一点是模糊了,先生曾拿一张北京师大广场上讲话的照片给我们看,如果就在这次,那应当在十一月去北京以后的事了(不过看照片也许不是这一次)。我还有一个记忆,是先由朱镜我同志(当时上海临时中央宣传部长)陪着陈赓同志到我住处,那地方是北四川路公益坊,我可能四五月间还住过那儿,但四五月《日记》上也找不出痕迹(不过后来还常去,也可能是约了在此处见面的,故在九十月之前可能为大)。现在只能记得时间是下午二三时,这天先生专在家中等待,别无外人,连许广平也没有出来接客,到吃晚饭才在一起,晚饭是在厨房边一个小房里吃的,先生打开了一瓶藏了多年的三星白兰地。不在当书房的大屋吃饭,可能是怕惊动海婴,海婴好像有点闹病。说了半天,明确的日子还是说不上来。不过你说的 7 月

12日,是不对的。我只能说明这一点。下次见到周建老,我还可以问问。《日记》上所记人名,出版社编辑部都有查考,你疑心"明之"也许是个代号,可问问孙用,请他查一查看。

这个时候,楼适夷强调的是自己陪同过陈赓去见过鲁迅。虽然他当时并不知道陪同的是什么人。他之所以确证是陈赓,"是解放后参与筹设纪念馆时,因在遗物中发现那张解放区地形草图,我是亲眼见他画的,才突然记了起来,明确日子现在无法查考,但大致时间是不会错的"。（十二月九日致黄源信）。至此,我们知道,楼适夷坚信自己陪同去见鲁迅的陌生人正是陈赓。他的证据就是那张画着鄂豫皖根据地的草图,因为自己是亲见者。

到了一九七六年,楼适夷方知自己也许是第二次陪同者。也就是说,他坚信自己的记忆,又放弃了否认冯雪峰陪同说。那就只能得出陈赓与鲁迅有两次见面的结论了。楼适夷四月八日致黄源信中,详细描述了自己陪同时的情景,应该就是一九七八年公开发表文章的底本。除了见面场景的描述外,信中特别的地方是楼适夷此时方知冯雪峰早在一九五二年的《回忆鲁迅》里已经讲述过陪同陈赓与鲁迅见面的事实。他说：

> 鲁迅先生会见陈赓同志事，我以前并不知道自己
> 参与过，是鲁迅纪念馆展出了一张小小的铅笔地图，一
> 见似曾相识，才豁然记起 32 年秋间某日下午，曾陪同
> 一位苏区来的负责同志去见鲁迅先生，这位同志原来
> 就是陈赓。1953 年（冯雪峰《回忆鲁迅》出版于 1952 年，此处可
> 能为楼适夷记忆有误）出版的雪兄《回忆鲁迅》可能我当时
> 也看过，并未想起，以后也再未重翻。早已忘掉。雪兄
> 虽多年一起工作，日常相见，我们照例不谈往事。在纪
> 念馆发觉后，过后也忘记跟他谈了。现在他已去世，当
> 然来不及了。我自己曾经参与这事情，只在偶然谈往
> 事，和家人及一二老友谈过。现在见了雪兄给包子衍
> 同志的信，知道有那么多人关心此事，我应该把亲与其
> 事的一节尽追忆所及提供出来，也是后死者的责任。

楼适夷做此说明，前提是黄源将冯雪峰致鲁迅研究者
包子衍的一封回信内容转给了楼适夷。冯雪峰那封信回复
于一九七四年四月二十六日。冯雪峰直接说道："陈赓和鲁
迅先生谈话的具体日子问题，我以为就不必再费力考证（事
实上也考证不出来），而且这是没有什么重要关系的问题。一

九三二年秋夏之间——或夏末——的一天,有过这件事,这是主要的。"他进一步指出从任何当事人的日记里是不可能查证出具体时间的。同时,冯雪峰更对第二次见面说提出自己的看法:"再约第二次见面事,我没有留下一点印象。(但我想,鲁迅先生如要再找陈赓谈话是以后随时可以约的。当天谈得很久,也似乎没有未谈完而须续谈的事情。这时鲁迅先生并未决定要写以所谈的事情为素材的小说或报告文学。)"

当楼适夷知道冯雪峰早在五十年代就已讲过陪同见面时,他意识到自己陪同的是另一次。也就是鲁迅与陈赓有二次见面的情形。但冯雪峰对此并不认同。这件事因此进入一个纷争点,引来不少专家的深入考证和反复讨论。我们先分析一下基本事实。冯、楼二人的声明至少有一点是共同的,那就是,楼适夷认为是自己一人陪同陈赓去见鲁迅,冯雪峰则称只有朱镜我一起陪同。不存在二人同去而其中一人事后否定的情形。关键在于是否有二次见面,即楼适夷陪同的可能。冯雪峰曾在一九七二年接受上海鲁迅纪念馆工作人员的访谈,其中写道:"那天是由朱镜我陪陈赓到一个约定的地方(冯忘记了具体地名),然后由冯带领他们二人到鲁迅家里。在场只有鲁迅、陈赓、朱镜我和我,根本没有楼适夷。（注：在 1962 年前后楼曾自称是他带陈赓到鲁迅家的。这次我们向冯谈起此事，冯情绪很为激动，他说，楼适夷这个人太不高明了，许多事情都拉在自己身上，我那时没有发言权，随便他怎么说。）"因为是一九七二年，二次说还未出现，所以谁陪同成为非此即彼的状况。二人各持己见也属正常。而且我们看，楼适夷对冯雪峰对于自己的态度是有自我意识的。在与黄源的通信中，他就表达过冯对自己有误会的说法，而且还提醒黄源，跟冯雪峰通信时不要提到自己的名字。

以冯雪峰同鲁迅的往来密切程度，以冯雪峰在党内的身份，以冯雪峰早在五十年代初就讲述陪同的事实，以陈赓对此事的相同回忆，楼适夷很难在此事上与冯雪峰掰手腕。更何况，在楼适夷的回忆里，冯雪峰还是介绍人，他说是冯雪峰让朱镜我陪同陈赓去约见楼适夷，再由楼适夷陪同这位自己并不知道名字的人物去见鲁迅。如今，冯雪峰断然否认了，自己还能说什么呢？更何况，陈赓一九五六年的回忆里说过，"他本来约我再去谈一次，我也答应了愿意再去一次，可惜不久我就被捕了，从此再未得见鲁迅先生"。（张佳邻《陈赓将军和鲁迅先生的一次会见》，见《鲁迅回忆录》，北京出版社）

这时，那张用铅笔绘出的草图又起到了关键作用。它本来是陈赓与鲁迅见面的直接证据，到后来更变成了二次见面的最有力证据。

事情根源在于，在冯雪峰的表述里，从来没有出现过草图这个情节。陈赓本人则又承认草图是他为鲁迅所绘。楼适夷的回忆有一个直接原因，就是当他看到陈列中的草图时，不但眼熟，而且恍然大悟到自己当年陪同的人正是陈赓。他还尽可能搜罗记忆，描述了陈赓与鲁迅的座位及绘图时的情景。也就是说，绘图发生在陈赓与鲁迅的第二次见面时。从逻辑上推理，此说是有道理的。这也就是为什么即使陈赓都说自己只与鲁迅见过一面，而二次说还不能完全推翻的原因。

两次见面的证据还不仅仅是草图存在而冯雪峰很可能不知道这一条。因为在证明是楼适夷而不是其他人陪同这一点上，楼适夷也是见到了草图而回忆进而讲述。理论上，仍然存在是否属实的疑点。能为楼适夷提供新证据的是他早年写过的一篇散文。那是一九三六年十月鲁迅逝世仅仅四天之后的二十三日，楼适夷写了一篇悼念文章，题为《深渊下的哭声》。文章写道：

　　对地下工作的意义先生从来不吝啬给与最高评

价。尤其对于血火中的新中国的创造,先生的关心是无限的。每次有人从那些遥远偏僻的战地中来,先生常常请来打听真实的情形,整几个小时倾听着,不觉有丝毫的疲倦。有时要求讲的人画出详细的地图,有时叫旁边的人替他记录下来。

这里分明描述了绘画地图的情景。这是比冯雪峰的回忆更早十年以上的回忆,也比发现草图早了十几年。楼适夷的夫人黄炜,正是依据这一关键证据,发表了《关于鲁迅与陈赓有无二次会见的我见》一文。根据冯雪峰本人的说法,在他的印象中,除了陈赓,"没有其他红军战士和鲁迅见过面"。(见《与冯雪峰的三次谈话记录》)这一表述,恰恰为楼适夷的散文作了旁证,楼适夷当年陪同去见鲁迅的,正是陈赓,只能是陈赓。

现在的问题就变成了一个,陈赓自己说只见过鲁迅一次,难道陪同者还能驳倒主角吗?有趣的是,关于陈赓的回忆,后来者也有各种分说。一是陈赓的回忆基本上同冯雪峰的完全吻合,除了曾向鲁迅讲述苏区房屋四面开窗,从而引起鲁迅兴趣,并没有提供更多新鲜细节。原来,正如冯雪峰所说,"1956年鲁迅先生逝世二十周年纪念时,许多人去问陈赓,陈赓又跑到我家来问我,他说连经过都已经记不清楚了,只记得有过这件事罢了。他后来是把同我谈后所记起来的去回答人的。"(《致包子衍》,《冯雪峰全集》第7卷第118页)这本来是劝人少去做烦琐考证的,倒又印证了一点,陈赓是依靠冯雪峰的回忆去给来访者讲述的。

事实上,当年跟随陈赓一起战斗的部下,就有人写过文章,说陈赓讲过,他与鲁迅有过两次会面。一位叫戴其萼的部下就曾回忆说:"一九四五年十二月在山西屯留长子间鲍店镇、一九四六年九月在山西洪洞东之原上村,我先后两次听陈赓首长讲述一九三二年他在上海两次会见鲁迅及其被捕、脱险的情形。""在河南方城,一次深夜值班时,作战科长陈彪、侦察科副科长程锐甲同志也听过首长讲述在上海两次会见鲁迅等情形。"(转引自王锡荣文章)一九五六年曾经就此采访过陈赓的张佳邻,于次年再次访问陈赓,并问到这个问题。陈赓的回答是:

> 冯雪峰的回忆录早已公开发表了,他坚持说是见过一次,我如果说见了两次,群众会说,"两个老共产党员都声称如何尊重鲁迅,如何受鲁迅思想的影响,可是连见过鲁迅一次还是两次都记不清,真不象话!"我只

好也说见过一次了。不过我也没作原则让步,说了鲁迅还要我再去讲一次,我也立即答应了。这表达了鲁迅对了解苏区红军英勇斗争情况的渴望和我立即答应的态度。两次会见的内容是一样的,第二次只是补充了一些事例。改说见了一次,不是什么原则问题,于鲁迅、于我们党的真诚均无影响。但不能说未见成是由于一方失约,只好说由于被捕未见成,让群众骂国民党反动派去罢。(转引自王锡荣文章)

这个回答真是有趣。但不管怎么说,以上这些都指向一个答案:鲁迅与陈赓应该有过两次见面。


## 延展说明:一个考验学术考据与
## 推理能力的案例

其实,去除对细节的追求,我本人很赞同冯雪峰和陈赓两位的一个基本观点,讨论见面究竟是一次还是两次,不是什么原则问题。就陈赓与鲁迅见面这个事实本身的真实存在而言,这一说法自有其道理。他们强调了人们更应该关心这个故事的核心，即鲁迅对于红军及其战斗的关心、关注，以及以此进行创作的愿望。但对楼适夷来说，究竟有没有二次见面并非一件小事。因为连冯雪峰都认为楼坚持说自己陪同过陈赓的说法，是想把这种佳话"拉到自己身上"。这已经不是见面次数的问题了。我们当然能理解冯雪峰的坚持，因为他亲历，而且事情都是由他安排协调的。但也能理解楼适夷的另一种坚持，从起初的以为只是自己陪同，到后来的坚持二次见面说。

发生在鲁迅身上的故事总是这样纷纭不定。在我的理解里，这就是一位经典作家的魅力所在，其生平中的所有故事及其细节都值得挖掘、追究、追问，所有的故事又都直接或间接地与其创作有关。我对鲁迅与陈赓见面故事的完整了解，最主要得益于王锡荣的著作《鲁迅生平疑案》(人民文学出版社 2015 年 10 月版)中的文章《鲁迅与陈赓见过几次面》。鲁迅研究界对此有多人进行过回忆、考证、判断和评说，王锡荣的文章差不多将各家说法都归纳其中，我写作此文，也是通过他的引用，而逐渐打开阅读的视野，阅读了多位研究者的文章，努力做出自己的梳理。

这个故事看似简单，其实又非常烧脑。比如说吧，尽管我们把结论引向了两次见面说，但不管是一次还是两次，鲁迅与陈赓究竟在何时见面，至今是个没有结论的话题。而且让人奇怪的是，两人见面要么一次，即使两次也肯定在时间上非常相近。但究竟他们是在什么时候见面的呢？莫衷一是！仅从季节上说，就涉及到春夏秋冬四季。冯雪峰说是夏秋之际，最早可能是七月。学者常亚文指出，鄂豫皖根据地红军向四川的转移是一九三二年十月，陈赓在此途中受伤，后艰难辗转至上海。所以他与鲁迅的见面，不用说七月，连夏秋之交都不大可能，见面的时间应该在十一月。学者陈漱渝则认为，不用说夏秋不可能，连十一月都不可能。因为陈赓受的是腿部重伤，伤筋动骨需要过程。既然楼适夷说自己陪同的这位同志并"无负伤的样子，步履甚健"，而鲁迅于十一月十一日即已北上北京，到月底才返沪，所以十一月见面是不可能发生的。那到底是何时呢？学者朱正、倪墨炎也介入考证当中，他们的结论基本上是一致的，即鲁迅、陈赓见面应在一九三三年三月，即次年的初春时节。陈赓于三月二十四日被捕，见面只能在三月初或中旬了。

疑点却越来越多。因为十一月初才负重伤到上海，又能独立行走，鲁迅又于十一日北上至月底，鲁陈见面就应该在十二月以后了。可我们知道，鲁迅从北京回到上海是十一月的最后一天，那时瞿秋白与夫人杨之华正在鲁迅家中避居,一直到十二月二十日左右才离开,鲁迅此时会即刻答应见陈赓么?且没有一位当事者提到瞿秋白夫妇的出现。如果说在冬季,可仅从服装上说,与楼适夷记忆中陈赓身着单层灰色长袍这一印象也不相符。

一九三三年春季倒似乎确实更能让种种矛盾元素缓冲。但我们想象一下吧,说成一九三三年三月见面,一是与冯雪峰说的夏秋之际相去太远,冯也完全没有"自选"一个时间用以回忆的必要。陈赓、楼适夷的回忆也都确认是一九三二年。二是,如果是次年三月见面的话,那是经历了新年,又经历了春节这两大节日的,难道当事者连如此跨年的节点都记不得么?即使记不住准确时间,年前年后还不至于都忘记吧。

王锡荣在自己的文章结尾也提出了好几条疑惑,这些疑惑让人感觉,这个话题仍然处于开放状态。比如,楼适夷没有参与第一次见面,又提出"两次见面"说,是不是出于不推翻冯雪峰陪同见面的前提?还有,楼适夷说自己通过观察认为,鲁迅和陈赓见面并没有陌生和询问的环节,可见两人已经有过见面,但问题是朱镜我为什么不自己再次陪同,而要把如此秘密的任务交给第一次并未参与的楼呢?再者,出于安全考虑和要求,陈赓大白天出行需要有人护送,到深夜分手，却为何倒是一个人独自离开呢？从倪墨炎的文章《鲁迅何时会见陈赓和会见几次》(《新文学史料》2008年第1期)里，我们知道，这个故事的考据中，不但有一次说和两次说之争，还有两次见面里楼适夷陪同在前，以及一次见面只有楼适夷陪同之说。

这真是个说不完的故事。这故事的主角、配角大都登场，史料专家纷纷出动，却仍然得不出非一即二这么个问题，春夏秋冬占满都确定不了见面时间。形成这种局面当然还有别的原因。鲁迅本人的日记、书信对此没有任何记录，无法查证，失去了大家都可信任的依据。另一关键人物朱镜我如果出场，那又会让事情变得简单些，因为毕竟他是冯雪峰和楼适夷都提到参与其中的重要人物。然而，朱镜我在一九四一年皖南事变战斗中牺牲。故事的很重要的一条线索过早中断。令人唏嘘。

无论如何，这是一个值得记住的文学史、革命史上的佳话，故事的主题从不因细节的枝生、歧义的纷呈而改变。其中那些众说纷纭，无论互相之间有多少矛盾，一家之言是否可以周圆，却都有一个共同点指向故事的真实存在，以及追求其中真相的强烈诉求。从学术研究的角度讲，这也是一个考验学术考证和推理能力的案例，值得后来者继续去追寻。

# 因为文学　所以信任

## ——鲁迅与方志敏

关于方志敏文稿从狱中传送出去这一故事，我正准备着手详细梳理一下，写成比单篇文章更大的规模。这里，想从与鲁迅有关的角度出发，取其中一点，专述之。我之所以想要写这个话题，首先是因为去年以来已经设立了一个写作计划：鲁迅与中国共产党人。在我个人观察与理解中，鲁迅研究似乎面临一个找回旧话题的新课题。由于一定历史时期的确有过度神话鲁迅，拔高鲁迅与政治关系的情形，以致于鲁迅与同时代政治人物的交往，特别是他们在精神上的联系，早已被有意无意地淡化，得到的研究相对较少。然而，作为程度不同地参与了社会斗争的鲁迅，他与中国共产党人之间的交往无论如何是绕不开而且是很重要的课题。

尽管鲁迅与他们的交往多是以神交为主，但其中的故事本身以及背后的内涵，都值得深入挖掘。正是从这个意义上考量，鲁迅与方志敏也很有叙说的必要。

方志敏与文学的关系，我过去认识非常不足。二〇一九年，我应人民文学杂志社邀请，参与首届方志敏文学奖的评奖工作。由此阅读了有关方志敏的部分传记作品，延展阅读了人民出版社出版的《方志敏全集》。对方志敏作为一位杰出的革命领袖和伟大的共产主义战士有了深刻的认识，而且十分亲切的是，方志敏原来也是一位文学青年。他和文学之间原来有非常直接的联系。并且，的确与鲁迅有过神交。

## 方志敏：诗人气质 文学青年

方志敏是伟大的无产阶级革命家、军事家，杰出的农民运动领袖。他是中国工农红军第十军的主要创建者，中国工农红军第十军团主要领导人。一八九九年八月，他出生在江西省弋阳县一个贫苦农民家庭。一九三四年十月，他率领红十军团北上抗日，在皖南遭到国民党重兵围追堵截，被七倍于己的敌军围困在怀玉山区。一九三五年一月，在同国民党军队作战时被捕。一九三五年八月六日在南昌英勇就义,时年三十六岁。方志敏的一生非常短暂,但非常壮烈,同时他的人生经历也非常丰富。文学就是其人生中的闪光点。

方志敏是一位文学青年,青年时期就发表过小说、诗歌,创作过剧本。翻开《方志敏全集》可以看到,《可爱的中国》《清贫》这些狱中文稿本身就是艺术性属于上乘的文学作品。而且他早在青年时期就创作和发表了不少诗歌、小说。收在《全集》里的有《私塾》《谋事》《狗儿的死》三篇小说,《哭声》《呕血》《血肉》《快乐之神》《我的心》《同情心》六首诗,以及反映一九二九年六月农民暴动情形的剧本《年关斗争》。

方志敏是天生具有艺术气质的人。他对文学艺术的爱好,既得自于热爱读书的习惯,也来自于对艺术的悟性。《年关斗争》是他创作的戏剧作品,演出时,方志敏还亲自扮演了其中的主要角色贫农团长张三。入狱后的方志敏,身边躺着在重病中呻吟的战友,红军被杀害随时都在发生,自己的生命同样危在旦夕,他在继续做好革命工作的同时,仍然把大量的时间用来读书和写作。有时,这是一种斗争策略,更多时是他发自心底的对读书写作的热爱。一九三五年六月十一日，他在《给党中央的信》中写道："可爱的中国和新生活运动的训话，是两篇不成功的小说。（在狱中无他书可看，只看小说，引起了写小说的兴趣，故写了这两篇，可爱的中国，则为敷衍敌人们写的，因那时正谋越狱，写这一篇小说，以延缓死刑的执行。）"足以见出文学写作之于他所从事的革命事业之间，有着怎样不可剥离的关系。像《可爱的中国》这样的长文之所以成为红色经典中的名篇，除了作者身份和写作环境的特殊，始终保持的叙事与抒情的结合，文学语言的美感，都在证明着它具有很高的文学品质。

在方志敏的成长道路上，文学志向与革命理想似乎始终都是并行不悖的。他与鲁迅的神交，是在青年时期一文不名的情形下发生的。

方志敏的文学创作始于一九二二年。刚刚二十三岁的方志敏，在江西进步刊物《新江西》（第 1 卷第 2 号，1922 年 3 月）上发表了第一篇文学作品《私塾》。这篇只有一千多字的小说，讲述了一群孩子被困在一间私塾里背诵四书五经、百家姓之类的情景。故事性本身并不强，但结尾表达了孩子们的内心："我们不晓得犯了什么事，才到这监牢来受折磨，哪里有我们放牛的那样快乐？"这很让人联想到鲁迅在一九一二年写的文言文小说《怀旧》。不安于成规，渴望自由的主题,包括故事发生的场景都十分相像。这一年的五月、六月,方志敏就在上海《民国日报》的《觉悟》副刊上先后发表了自己的诗歌作品《哭声》和《呕血》。他的文学之路正有向文化中心进发的征兆。

《民国日报》以及《觉悟》副刊的创办人是邵力子。邵力子是著名的爱国民主人士,他在国民党内的职务一直做到中央宣传部长。但其实,邵力子本人也是早期的共产主义思想传播者,是早期共产党员。《民国日报》包括《觉悟》副刊发表过很多早期共产党人如恽代英、邓中夏等人的文章。方志敏与《觉悟》副刊以及邵力子之间,也有着很深的渊源。一九二二年七月,二十二岁的方志敏从江西来到上海,他所获得的第一份工作,就是投奔到邵力子的《民国日报》,做起了一份校对工作。在此期间,他还在《觉悟》副刊上继续发表文学作品。尤其是小说《谋事》的发表,让他早早地与中国现代文学的主流发生直接关系。

《谋事》是一篇很短的小说,写一位从外地乡下来到上海的青年,找到一个洋气阔气的牧师家里,希望谋得一份可以吃饭的差事,却不料不但没有得到任何机会,反而感受到一种被人歧视的差辱。小说写成的两天后,即在一九二二年七月十八日的《觉悟》副刊发表,并且很快引起关注和反响。这篇小说一九二三年被选编入上海小说研究社刊行的《小说年鉴》(卷3)里。这部"年鉴"总共收入了三十三位作家的小说作品。其中就有鲁迅、郁达夫、叶圣陶等名家的作品。编选者还为《谋事》专门写了按语，称"这真是拿贫人的血泪涂成的作品"。

同鲁迅等著名作家的小说一起编入小说选本，这应该就是方志敏在文学创作上最亮眼的一个证明。一个寂寂无名的青年，一出手即与这么多名家在一起并列，值得铭记。

关于这篇小说的成因，后来的一些回忆文章和传记作品说法不同，感觉似乎是因为站位不一，强调的重点有差异，所以形成说法上的不一致。比如邵力子的孙女邵黎黎记述说，方志敏到上海后直接投奔邵力子并获得校对工作，期间写出了一篇小说，最终由邵力子帮助确定题目为《谋事》。(见《方志敏与邵力子》，收入《方志敏印象集》，1989年8月版)而方志敏的女儿方梅在《方志敏全传》中则讲述说，方志敏到上海后先是投奔乡友革命青年赵醒侬等人，并在他们的鼓励下写出了小说《谋事》。其后来到《民国日报》社拜见了邵力子并请其审读自己的小说。小说很快得以发表，方志敏也得到了在报社做校对的工作。

这样的分歧并不改变故事的主导,即青年方志敏与鲁迅之间,已然建立某种精神上的联系。而且方志敏似乎在很多问题上与鲁迅有某种天然的相近之处。就说方志敏与《民国日报》的联系吧,方志敏在江西读书时就是这份报纸的读者和作者。有一次,他从《觉悟》上读到一篇题为《捉贼》的小说,描写一群学生吊打抓来的一个小偷。方志敏即刻就给主编邵力子去信提出不同看法。他在信中写道:"小偷是不是算顶坏的? 比他坏的,触目皆是。军阀、政客、资本家、地主,哪一个不是操戈矛的大盗? 为什么大盗逍遥自在,受人敬礼;而小偷在此地被吊起敲打?"这不可谓不是一种相当有穿透力的见解。邵力子见信后即复信予以赞赏,并鼓励方志敏写出自己的心声。可以说,方志敏对小说故事的分析,颇让人想起鲁迅的小说《孔乙己》。孔乙己何尝不是这样,他作为"小偷"被何大人这样的"大盗"吊打,正是鲁迅的批判性所在。

　　在"五四"时期即表现出革命和进步思想的方志敏,与鲁迅更多的是一种思想和精神上的共鸣。他们现实中的交往应该是不大可能发生的。因为鲁迅人在北京,而方志敏则是从江西来到上海。不过,方志敏在多大程度上受到鲁迅影响,他们之间有没有一点"神交"意义上的关联,这却是一件既无事实佐证，却也未必都是空穴来风的事情。

事情还得回到《民国日报》。方志敏在《觉悟》副刊上发表诗歌和小说，并且担任校对，那他是否接触过、校对过鲁迅作品呢？学者王锡荣结合方志敏堂弟方志纯的记述，认为方志敏"与鲁迅在精神上高度契合"，他们曾在《觉悟》副刊的同一版面上同时发表过作品。但同为鲁迅研究者的学者倪墨炎对此持质疑态度。他认为，"查任何版本的《鲁迅全集》，鲁迅1922年没有在《民国日报》的副刊《觉悟》上发表过作品，也没有在其他年份的该副刊上发表过作品，怎么可能方、鲁会在《觉悟》副刊的'同一版面'发表作品呢？更不要说'数度'了。"（《方志敏1922年就与鲁迅有联络吗》，见《博览群书》2010年第5期）倪墨炎的质疑是相当有力的，因为他强调的是实证的有无。

但事情却并没有那么简单。

一直到过了十年之后的二〇二一年，学者葛涛发表《方志敏确与鲁迅在《觉悟》副刊"同版"发文》一文（《中华读书报》2021年6月30日）。文章指出，他自己在查阅《民国日报·觉悟》副刊时，偶然发现方志敏的确与鲁迅在同期的《民国日报·觉悟》副刊上发表作品，如一九二二年五月十八日出版的《民国日报·觉悟》副刊第三版"诗歌"栏就刊登了方志敏的诗歌《哭声》，紧随在《哭声》之后的"剧本"栏，就是《桃色的云(一)》,注明"录晨报附刊",署名为:爱罗先珂作,鲁迅译。这一期同时刊登了鲁迅撰写的序言《将译〈桃色的云〉之前的几句话》(署名:译者)和鲁迅翻译的日本作家秋田雨雀撰写的文章《读了童话剧〈桃色的云〉》(按:署名仅有原作者秋田雨雀,没有译者)。这两篇文章原刊五月十三日出版的《晨报副镌》,但是《鲁迅全集》中的"鲁迅著译年表"和一些注释只记载鲁迅著译文章首发的报刊名称,没有记载转发鲁迅著译文章的报刊名称,倪墨炎先生可能没有查阅《民国日报·觉悟》副刊,仅查阅《鲁迅全集》,因此没有注意到方志敏与鲁迅的文章都刊登在一九二二年五月十八日出版的《民国日报·觉悟》副刊第三版上。

葛涛还谨慎推测,方志敏在一九二二年七月上旬担任《民国日报·觉悟》副刊的校对到八月底离开上海期间,很可能没有校对过鲁迅的文章。不过可以确认的是,方志敏肯定阅读过鲁迅发表在一九二二年五月十八日出版的《民国日报·觉悟》副刊上的文章。

从鲁迅这一方面讲,他是否读到过方志敏发表在《觉悟》副刊上的作品呢?也许我们可以说没有的可能性更大。因为正像倪墨炎指出的,没有任何一则鲁迅日记证明鲁迅知道并阅读过方志敏的这些作品。但我们知道,《鲁迅全集》中恰恰缺失一九二二年的日记。因此，有和无都只能是一种推测，至少不能以日记记载的有无来断定。本文的目的也不是要对这些充满纠缠的细节一一廓清，而是通过这样一些叙述，从一个侧面回答，一九三五年入狱后，方志敏为什么会想到把自己的文稿送给鲁迅并给鲁迅写信。可以说，很大程度上，正是文学上的情缘让方志敏对素无联系的鲁迅产生精神上的格外信任。

## 方志敏狱中文稿与鲁迅

一九三五年一月二十九日，方志敏被国民党军在怀玉山上搜捕，直到八月六日在南昌下沙窝英勇就义。在长达半年多的时间里，他除了在狱中领导同国民党进行的斗争，写作也是贯穿其中的一条主线。被捕当天他就写下一段自述，坦然表明"我已认定苏维埃可以救中国，革命必能取得最后的胜利，我愿牺牲一切，贡献于苏维埃和革命。"到二月底，他意识到随时都有可能被杀害，便一方面策划、密谋越狱，另一方面则决定开始用文字开展斗争，总结自己的革命经验，抒发对党和国家、人民的热爱之情，表达自己的革命意志与决心。

可以说，在监狱这一恶劣的环境中，戴着十斤重的脚镣，在审讯随时就会进行，死亡威胁始终相伴的同时，方志敏的写作仅从字数上看就是惊人的。三月中下旬，他在条件极差的普通牢房里完成了一篇长达六万字的长文《我从事革命斗争的述略》，讲述了自己的革命历程。五月二日，在所谓的"优待号"里，完成了著名的《可爱的中国》，全文达一万六千字。五月二十五日，又完成了一万三千字的《死!——共产主义的殉道者的记述》。六月九日，完成了一万两千字的《狱中纪实》。加上这期间他所写的《清贫》《给党中央的信》等文章，方志敏的狱中文稿达十万字以上。方志敏的热爱读书与写作，由此可见一斑。正如他在《可爱的中国》一文中所述："他原是爱读书的人，一有足够的书给他读读看看，就是他脚上钉着的十斤重的铁镣也不觉得它怎样沉重压脚了。"从入狱开始，他就把越狱作为狱中斗争的重要目标。随着形势的发展，他看到了越狱的机率越来越小，就又把自己写成的文稿如何"越狱"作为目标，而且在很大程度上得到了实现。方志敏的狱中文稿绝大多数得以保存下来，这与其边写作边想办法往外传送文稿有直接关系。关于方志敏狱中文稿的传送，这是一个充满了悬念和复杂的故事。我这里只取其中一端，看看它们究竟与鲁迅有着怎样的联系。

方志敏文稿是分批次从狱中传送出去的。总共传送了几次,每一次都包括了哪些文稿,这些文稿都被带到哪里,交给了谁,这些过程和细节历来也都是众说纷纭,尚无定论。但几个关键人物却是明确的。一是方志敏在狱中认识的监狱文书高家骏。为了能够帮助方志敏把文稿送出去,高家骏又带来了自己的女友程全昭。方志敏的第一批文稿就是由这两位青年男女帮助传送的。二是同为狱友的国民党元老级人物胡逸民。方志敏委托胡将其余文稿送出到上海。胡逸民兑现承诺,于一九三六年十一月,带着方志敏交付他的文稿和信件来到上海。在狱中期间,胡逸民的夫人向影心曾来到南昌探监,胡逸民也曾请其将方志敏的部分文稿带出。

一九三五年七月,方志敏在狱中写了一封没有收件人的《遗信》。此信应该是写给胡逸民的。信的第一段写道:

为防备敌人突然提我出去枪毙,故我将你的介绍信写好了。是写给我党的中央,内容是说明我在狱中所做的事,所写的文稿,与你的关系,你的过去和现在同情革命帮助革命的事实,由你答应交稿与中央,请中央派人来与你接洽等情。写了三张信纸,在右角上点一点作记号。另一信给孙夫人,在右角上下都点了一点,一信给鲁迅先生,在右角点了两点。请记着记号。

信的第二段则是对胡逸民的忠告,重点是强调他必须恪守承诺,确保文稿能够送到收信人手中。"请你记住你对我的诺言,无论如何,你要将我的文稿送去。"这些话语之恳切、之明确,足见方志敏对胡逸民的重托所在。

　　胡逸民本人在国民党内部也算得上一位传奇人物。他在南昌监狱里虽与方志敏等共产党人同监,但有相当大的自由空间。他后来多次回忆自己与方志敏的交往以及将方志敏文稿带出去的经历。尽管一些回忆互相之间也有不吻合处,但大体走向应该是可信的。据他在《囚友之交——回忆方志敏烈士在狱中》一文讲述,他同方志敏曾经有过多次谈话。其中写道:

　　　　在一个黑夜里,方志敏与我作最后一次谈话。他暗暗塞给我一大包写好的和未完成的稿子,恳切地对我说:

　　　　"胡先生,你一定会获得释放,我俩总算有过囚友之交,拜托你,出狱后将这些我写的东西,送交上海四川路一位鲁迅先生。"

　　　　我说:"鲁迅先生我不认识,怎么办?"

　　　　"不要紧,我这里写好了一份介绍信给你。"他说着就把稿子交给我。我接过稿子，用绳子牢牢缚好，暗暗放在我的床底下。

同在这篇回忆里，胡逸民说：

> 大约是第二年，我选了个好日子，带着方志敏交给我的稿子和信件，到上海寻找鲁迅先生。我找到鲁迅先生的住宅，可惜他不在。无缘结识鲁迅先生，这是我一生憾事。我留下名片和方志敏的信，约定在四川路一家菜馆见面。后来是章乃器和他的夫人胡子婴来的，经过谈话，并一同吃了饭，知道了他们的身份，我就大胆地把稿子交给了他们。我见他们当即打开稿子，有一小简上面写着《可爱的中国》字样，其他文稿我就不清楚了，完成囚友之托后，心里感到无比的宽慰和踏实。

这是一种粗疏的回忆。据考证，胡逸民所说的第二年到上海，事实上已经是一九三六年十一月。其时鲁迅已经逝世一个月，胡逸民即使不知道鲁迅已经去世的消息，但怎么又能留言预约见面，都缺乏必要的陈述和细节支撑。同时，胡逸民带出来的究竟是哪些文稿，最有名的《可爱的中国》到底是何时由何人带出，又由何人在何时接收，这些至今都还是一团谜。然而不管是高家骏还是他的女友程全昭，胡逸民以及他的夫人向影心，都有可能是完成这一任务的人。可以肯定的是，《可爱的中国》《清贫》这些狱中文稿真的流传下来了，这一历史不可更改。

回到和鲁迅相关的环节。鲁迅逝世前究竟有没有收到过方志敏的文稿？收到的话究竟是哪些？鲁迅又是如何处理的？冯雪峰的记述成为重要的历史依据。一九五四年人民文学出版社出版《可爱的中国》（含《清贫》）时，曾有冯雪峰专门就此所写的《说明》。其中写道：

> 这里影印出来的两篇作品，是方志敏烈士就义前在狱中写的。它们怎样的从狱中带出来，看方志敏同志的这份短信就可知道；而从狱中带出之后，终于能够送到上海鲁迅先生手里，并因而能够把志敏同志给党中央的信送到中央，这是应该感谢这位带信的朋友的。这两篇文稿和这封短信中所说的三封信，送到鲁迅先生手里的时候，大概已经在方志敏同志就义后很久，即一九三五年临末或一九三六年初，因为我在一九三六年四月从陕北到了上海，鲁迅先生立即把它们交给我的时候，他说收到已经有几个月了。

文章还记述了手稿的保存过程，"至于这两篇文稿，当时中央的指示是要我在上海设法保存，后来我就交给一个已经替我们保存着瞿秋白同志的一部分遗稿的朋友谢澹如先生一起保存了。所以，到今天方志敏同志的这些亲笔迹还能够留存不失，又应该感谢谢澹如先生的帮助的。"

但有关鲁迅收转方志敏文稿及信件的故事，并没有因为冯雪峰的说明而成定论。数十年来，各种考证、推论不断出现，使事件的真相看似越来越清晰，事实上却越来越趋于复杂，难以有公认的说法。王锡荣在《鲁迅生平疑案》一书中，专门就此撰文进行综述和辨析，从中可见分歧意见之多。总体上看集中于两点，一是鲁迅究竟接收过几次方志敏文稿？最多有四次之说；二是鲁迅收到的文稿里到底有没有《可爱的中国》和《清贫》？莫衷一是。但相对而言，我认同王锡荣的一个基本判断，即冯雪峰作为直接当事人的记述应该是最值得采信的。其他说法都在其后发生，不足以完全驳倒冯的意见。而且，从本文的意图来讲，不管人们怎样评判过程中的某些情节和细节，一个基本事实是没有人怀疑的，即鲁迅在世时收到过方志敏的狱中文稿，并将其安全转移给所应接受的人和组织。

那么，鲁迅知道谁是方志敏么？不知道的话，他为什么要接受一个或两个陌生人送来的另一个陌生者的文稿和书信？知道的话，是从什么开始有印象的？一九二二年通过《觉悟》副刊？一九三五年前后方志敏成为红军将领、根据地创建者、国民党的重要囚犯，以及成为革命烈士之后？鲁迅知道这些文稿和书信的特殊分量么？他知道有一篇《可爱的中国》正出自这么一位人物，而且经自己之手开始传播么？无庸置疑的是，鲁迅以他独特的方式，参与到在中国革命史上非常重要、意义极为特殊的事件当中了。从某种程度上也许可以说，没有鲁迅这样既大无畏又细心的行动，《可爱的中国》何时和怎样让世人读到，都是一个悬案。将方志敏文稿接收下来、保存下去、转移出去，既是鲁迅直接参与革命的一部分，也是将文学的火种传承下去的一次特殊行动。方志敏要求送件人把文稿送到鲁迅处，肯定也是个模糊说法，他并不了然鲁迅的准确地址。他敢于将这些东西交给鲁迅，那要出于多么大信任，而且是一种出于天然的信任。事实证明，他的判断是准确的。这种准确的判断，既是一个革命者的逻辑推断和果断决定，也是一个文学青年对一位文学大家的发自内心的敬仰和信任。

# 时空相隔的对话

## ——鲁迅与毛泽东（上）

毛泽东,决定现代中国命运和历史走向的第一人。而在民族性格的解剖、民族意识的觉醒和现代文化的塑造方面,鲁迅则具有不可替代的深远影响。要展开关于这样两位人物关系的话题,绝不是易事。但,这的确是值得一说的大话题。

　　从现实交往的层面,鲁迅与毛泽东并无一面之缘。当然,如果我们把这种无缘一见说成是失之交臂也无不可。一九二〇年四月七日,鲁迅的二弟周作人在日记中写道:"毛泽东君来访。""来访"的地点,是北京的八道湾。那是鲁迅于前一年买定,于年底把母亲和两个兄弟的全家都搬来居住的宅院。鲁迅住在外院,周作人一家住里院。毛泽东到访周作人,应当是从鲁迅窗前走过才对。关于这次访问,有人认为是毛泽东去向周作人请教并探讨"新村主义",也有人认为鲁迅才是毛泽东访问的对象。甚至以周作人的口吻如此谈论,称周作人自己多年后对朋友说过:"毛先生在北大当图书馆馆员时见过面。有一次,他来八道湾看鲁迅,鲁迅不在家,同我谈了一会。"(张家康《北京大学:毛泽东的1918》,《红广角》2013年第11期)以我个人判断,此说即使真的出自周作人之口,也是身背汉奸之名后的识趣之言,未必是当时实情。当然,如果会面时间是下午的话(周作人这天上午外出办事),鲁迅也的确不在家。那一天的鲁迅日记只有一句话:"午后会议"。

毛泽东也说起过未能与鲁迅有过一面之缘的遗憾。一九八二年的第五期《书林》杂志,发表了唐天然的文章《毛泽东没有会见过鲁迅》。其中写道,"1954年,当时负责审阅《鲁迅全集》注释的胡乔木同志曾就毛泽东是否会见过鲁迅一事,面询毛泽东同志。毛泽东同志曾断然回答说:他早年在北京,是会见过不少名人的,见过陈独秀,见过胡适,见过周作人,但没有见过鲁迅。"(转引自陈漱渝《一场应该结束的辩论——对〈再谈毛泽东会见鲁迅〉一文之我见》,原载1982年12月4日《团结报》)关于毛泽东的这一说法,冯雪峰回忆说,早在一九三三年他就听毛泽东说起过。冯雪峰说:"一九三三年底我到瑞金中央苏区去之后,常有机会见到毛主席。他那时受王明路线排斥,不担任党中央的领导职务,时间比较多。有时他约我到他那里,有时他自己踱到我的住处来。有几次他说:'今晚我们不谈别的,只谈鲁迅好不好?'毛主席早就知道鲁迅,他曾遗憾地跟我讲过:'"五四"时期在北京,弄新文学的人我见过李大钊、陈独秀、胡适、周作人,就是没见过鲁迅。'"(《冯雪峰全集》第9卷第400页)

从一九一八年八月毛泽东第一次到北京,直到一九三六年十月鲁迅逝世,长达十八年时间里,应该说,毛泽东与鲁迅的会面,有很多机会,也有很大可能。然而历史就是这样,恰恰这种从容倒让他们始终未能见面相识。从这一角度讲,他们之间是互不相识的陌生人。然而,从另一角度讲,他们又是在精神上有许多相通之处的相熟者。一九六六年七月八日,毛泽东在武汉致信江青,信中写道:"晋朝人阮籍反对刘邦,他从洛阳走到成皋,叹道:世无英雄,遂使竖子成名。鲁迅也曾对于他的杂文说过同样的话,我跟鲁迅的心是相通的。我喜欢他那样坦率。"出现这句话的这封信颇有深意,"我跟鲁迅的心是相通的"一语在具体指意上也并不简单。但摘出来变成普泛意义上的心灵相通,也有道理。毛泽东与鲁迅在精神上的相通,的确并不只在自谦、自醒这一点上。他们在读书上的见解相近和相知,历史和现实问题上的共识与呼应,精神上的相通与感应,非常之多。这正是本文想要展开的话题。

## 毛泽东:"认为鲁迅懂得中国,这是对的"

毛泽东对鲁迅的公开评价,应该是始于鲁迅逝世之后。毛泽东早在一九一七年就在《新青年》上发表了《体育之研究》,一九一八年八月来到北京时,鲁迅已经在《新青年》上发表了著名的《狂人日记》。鲁迅的名声日隆,毛泽东对《新青年》的向往日盛。《新青年》的"主创团队"他见了好几位,却错过了和鲁迅见面。此后将近二十年,鲁迅不断有著作出版,尤其是有大量杂文刊发,毛泽东可见的文字评价却甚少,几乎没有公开的文字评价发表。

一九三六年十月十九日,鲁迅在上海逝世。从那时起,身在延安的毛泽东对鲁迅的评价却越来越多。说他们之间的交往是时空相隔的对话,真是十分贴切。说是对话,从正式的文字史料角度讲,应该是毛泽东以自己的方式就阅读鲁迅作品、理解鲁迅思想所做的不断回响。而这种回响,又可以看出某种精神上的相通和心灵上的呼应,实在不是一般的鲁迅读者可以相比。

毛泽东对鲁迅的评价之高,可以说超过他对其他任何中国历史人物的评价。而且这种评价是从一开始就定下了很高的"起点",往后又有逐渐提高之势。

鲁迅逝世的三天之后,十月二十二日,中共中央和中华苏维埃中央政府发出了《为追悼鲁迅先生告全国同胞和全世界人士书》和《为追悼与纪念鲁迅先生致中国国民党委员会与南京国民政府电》,并向许广平致唁电。唁电评价鲁迅为:"中华民族失去最伟大的文学家,热忱追求光明的导师,献身于抗日救国非凡的领袖,共产主义苏维埃运动之亲爱的战友。"告全国同胞和全世界人士书指出:"他没有一个时候不和被压迫的大众站在一起,与那些敌人作战,他的犀利的笔锋,完美的人格,正直的言论,战斗的精神,使那些害虫毒物无处躲避。""鲁迅先生在无论如何艰苦的环境中永远与人民大众一起与人民的敌人作战,他永远站在前进的一边,永远站在革命的一边,他唤起了无数的人们走上革命的大道。他扶助着青年们,使他们成为像他一样的革命战士,他在中国革命运动中立下了超人一等的功绩。"据学者阎愈新的文章《纪念鲁迅的革命文献》介绍,这三份文件,许广平当时在上海都有收到。但在当时南京或上海的国民党统治区报纸上无法发表。鲁迅逝世治丧委员会编辑出版于一九三七年的《鲁迅先生纪念集》也未能收入。但这些函电在当时陕北的中共中央机关报《斗争》、中华苏维埃中央政府机关报《红色中华》分别发表。(《鲁迅研究动态》1984年第5期)这些函电中的文字、语气,尤其是对鲁迅的评价,留有明显的毛泽东气质和口吻。《毛泽东年谱》虽未说明是谁执笔,但收入了相关内容,应该是确认这些文件与毛泽东的直接关联。

"伟大的文学家"、"追求光明的导师"、"抗日救国非凡的领袖"、共产党人"亲爱的战友"、"超人一等的功绩",这些评价之高,可以说超过了鲁迅在世时所得到的评价。事实上也为之后在中国共产党内对鲁迅的评价定下了基调。

一九三七年十月十九日,在陕北公学纪念鲁迅逝世周年大会上,毛泽东发表讲话,指出:"我们今天纪念鲁迅先生,首先要认识鲁迅先生,要懂得他在中国革命史中所占的地位,我们纪念他,不仅因为他的文章写得好,是一个伟大的文学家,而且因为他是一个民族解放的急先锋,给革命以很大的助力。"毛泽东还概括了鲁迅的三个特点:政治的远见、斗争精神、牺牲精神。指出:"综合上述几个特点,形成了一种伟大的'鲁迅精神'。鲁迅的一生就贯穿了这种精神。所以，他在文艺上成了一个了不起的作家，在革命队伍中是一个很优秀的很老练的先锋分子。我们纪念鲁迅，就要学习鲁迅的精神，把它带到全国各地的抗战队伍中去，为中华民族的解放而奋斗！"（《毛泽东文集》第2卷第42页）

这篇讲话其实是毛泽东的鲁迅观的一个雏形。讲话把鲁迅抬高到了远远超越文学的层面和高度，认为鲁迅是整个中华民族要求独立、自由、解放的先锋和最勇敢的战士。陕北公学是延安时期党为培养抗战先锋队成立的一所学校，七分政治、三分军事是它的培养计划。在这样一所培养抗战人才的学校里，毛泽东以鲁迅为主题，讲的是文学之外、之上的问题，也自有其道理。也是在这篇讲话里，毛泽东把鲁迅抬到了"圣人"的高度，指出："鲁迅在中国的价值，据我看要算是中国的第一等圣人。孔夫子是封建社会的圣人，鲁迅则是现代中国的圣人。"

这种"圣人"观，毛泽东直到晚年都没有改变，甚至定位更高。一九七一年十一月二十日，他在接见来京参加座谈会的武汉军区和湖北省党、政负责人曾思玉等人时说："我劝同志们看看鲁迅的杂文。鲁迅是中国的第一个圣人。中国第一个圣人不是孔夫子，也不是我。我算贤人，是圣人的学生。"（《毛泽东年谱》第6卷第420页）从"第一等"上升到了"第一个"。

　　一九四〇年一月，毛泽东发表《新民主主义论》，其中对鲁迅的高度评价影响最为深远，几乎成为此后对鲁迅历史地位的定性："鲁迅是中国文化革命的主将，他不但是伟大的文学家，而且是伟大的思想家和伟大的革命家。鲁迅的骨头是最硬的，他没有丝毫的奴颜和媚骨，这是殖民地半殖民地人民最可宝贵的性格。鲁迅是在文化战线上，代表全民族的大多数，向着敌人冲锋陷阵的最正确、最勇敢、最坚决、最忠实、最热忱的空前的民族英雄。鲁迅的方向，就是中华民族新文化的方向。"其中的"三大家"论、"硬骨头"论、"新文化的方向"论，可谓既有政治高度，又十分准确地概括了鲁迅的性格与历史功绩。同时，这些论述既是对鲁迅个人的评价，也包含着对中国新文化发展方向的要求。

　　在毛泽东论鲁迅的文字里，既可以感受到他对鲁迅性格的了解，对鲁迅思想的理解，对鲁迅作品的熟稔，也可以感知到他一贯的评人论事的特点。即从不就事论事，从来都会为我所用地抬高到社会、政治的全局高度去提出启示价值和教育意义。他既紧贴鲁迅的特点，又不是以一个研究者的姿态去谈论，而是用鲁迅激励、教育更多的人，尤其是包括文艺家在内的知识分子。

心相通也罢，知音也罢，不能是空谈的概念。说到毛泽东对鲁迅作品的熟读和熟悉，可以举两个小例子证明。

一九五八年十二月二十一日，毛泽东在文物出版社一九五八年九月刻印的大字线装《毛主席诗词十九首》的书眉上写说明："我的几首歪词，发表以后，注家蜂起，全是好心。一部分说对了，一部分说得不对，我有说明的责任。一九五八年十二月，在广州，见文物出版社一九五八年九月刊本，天头甚宽，因而写下了下面的一些字。谢注家，兼谢读者。鲁迅一九二七年在广州，修改他的《古小说钩沉》，然后说道：于是云海沉沉，星月澄碧，饕蚊遥叹，予在广州。从那时到今天三十一年了，大陆上的饕蚊灭得差不多了，当然，革命尚未全成，同志仍须努力。港台一带饕蚊尚多，西方世界饕蚊成阵。安得起全世界各民族千百万愚公，用他们自己的移山办法，把蚊阵一扫而空，岂不伟哉。试仿陆放翁曰：人类今娴上太空，但悲不见五洲同。愚公尽扫饕蚊日，公祭无忘告马翁。"（《毛泽东年谱》第3卷第560页）毛泽东凭记忆引用鲁迅的一段并非名言的自述，可见其阅读鲁迅的功夫十分了得。因为是凭记忆，所以跟鲁迅原文有些出入。鲁迅当时在广州编校的是《唐宋传奇集》。这段话的原文是："时大夜弥天，璧月澄照，饕蚊遥叹，余在广州。"这里，关键句"饕蚊遥叹"引用准确、延伸含义极准。凭心而论，即使是专业的文学研究者，都未必能有这样的联想能力。而这种联想的前提，是对鲁迅文章的广泛、深入阅读。

另一例是，一九七五年七月二十三日，毛泽东在中南海住处接受左眼白内障手术。手术大夫是北京广安门医院眼科专家唐由之。毛泽东被扶进做手术的房间时问：音乐准备了没有？手术中播放的是昆曲岳飞《满江红》唱段。手术后约两小时，毛泽东在纱布蒙着双眼的情形下，用铅笔在一张白纸上写下鲁迅《悼杨铨》的诗句："岂有豪情似旧时，花开花落两由之。何期泪洒江南雨，又为斯民哭健儿。"签上名字送给了唐由之。毛泽东应当就是因为知道主治医生的名字，于是联想到鲁迅曾有包含"由之"二字的诗，于是抄录送上以为感谢和纪念。由此可知，在毛泽东那里，鲁迅"金句"可以信手拈来，运用自如。

在未曾谋面的情形下，毛泽东通过阅读鲁迅作品而感知鲁迅人格，许多判断可称知音。冯雪峰回忆说，同样是在瑞金苏区，有一次他告诉毛泽东，有一个日本人说，全中国只有两个半人懂得中国：一个是蒋介石，一个是鲁迅，半个是毛泽东。毛泽东听了哈哈大笑，然后沉思着说："这个日本人还不简单，他认为鲁迅懂得中国，这是对的。"（《冯雪峰全集》第9卷第401页)毛泽东的这一回应可谓意味深长。他没有跟蒋介石争"一个""半个"的高下,倒是表达了对鲁迅的认可。冯雪峰还回忆说,在瑞金苏区时,"博古曾对我说过:'让鲁迅来苏区不是很好吗?'我问他让鲁迅来干什么?博古回答说:'可以做教育方面的行政工作。'可见他们对鲁迅是缺乏认识的。"(《冯雪峰全集》第9卷第376页)"后来我向毛主席讲起,毛主席是反对这种意见的,他说:'鲁迅当然是在外面作用大。'"(《冯雪峰全集》第9卷第401页)从中可见毛泽东深知鲁迅的性情、心情、选择,以及时势之下所应采取的态度。冯雪峰还告诉毛泽东,鲁迅读过他的诗词,认为诗词中有"山大王"的气概。"毛主席听了,也开怀大笑。"(《冯雪峰全集》第9卷第401页)从这些讲述里,可以感受到毛泽东对鲁迅的认知和理解达到了很高程度,具有极强的呼应感。

## 鲁迅:对"毛泽东先生们""引为同志"

　　毛泽东与鲁迅不但没有见过面,也几乎没有发生过直接的通讯或信息往来。鲁迅对毛泽东的评价自然就很少能读到。但"曲折"的"交往"还是有的。鲁迅晚年在文章里确有提到毛泽东名字的时候。这就是一九三六年六月九日,由鲁迅口授,冯雪峰代笔写成的《答托洛茨基派的信》。其中三次提到毛泽东的名字。最核心的是以下表述:"你们的'理论'确比毛泽东先生们高超得多,岂但得多,简直一是在天上,一是在地下。但高超固然是可敬佩的,无奈这高超又恰恰为日本侵略者所欢迎,则这高超仍不免要从天上掉下来,掉到地上最不干净的地方去。"其中的立场十分鲜明。文章使用了"毛泽东先生们"的称呼,鲁迅的意指就不仅是毛泽东个人,更是他所代表的中国共产党。文末一句表述更可见鲁迅的立场:"那切切实实,足踏在地上,为着现在中国人的生存而流血奋斗者,我得引为同志,是自以为光荣的。"

文章之外,有关鲁迅对毛泽东个人的评价,以及他们在现实中的一些"交往",则主要通过其他人士的回忆让人得知,尤以冯雪峰的回忆最为充分、可信。冯雪峰在上海时是鲁迅与外界,特别是中共方面联系的主要协调者,同时他又有机会跟毛泽东个人面对面交流。在《党给鲁迅以力量》一文中,冯雪峰写道:"这是一九三六年,鲁迅先生大半时间在病中的时候,当他大略地知道了毛主席的天才领导和军事上的战略与战术,而又谈着这些的时候,他常常会默默的长久的微笑着;在这种时候,他的因病而略带阴郁的脸色就顿然变成为异常的晴朗。我也曾经把我所记得的毛主席论他的作品的话告诉过他，他听了也是默默的微笑着的。"（《冯雪峰全集》第4卷第149页）这是一种概略式的描写，冯雪峰也谈到了鲁迅之所以动容的事实依据。当冯雪峰告诉鲁迅，他从陕北来上海之前曾和毛泽东有过深谈。"毛主席说可以把底牌告诉我，说现在主要的敌人是日本帝国主义，他们暂时很强大。要把他们赶出去，需要建立广泛的民族统一战线，这条战线甚至包括了蒋介石本人在内。"当鲁迅"了解了党领导工农红军粉碎五次'围剿'、北上抗日的历史，以及长征途中，遵义会议开过后，毛主席的正确领导取得的胜利，他的心情明显地起了变化。他先是信服了毛主席、共产党，才相信抗日的统一战线政策，因为他相信毛主席、共产党领导的抗日力量一定能成为统一战线的核心。所以他在文章中热情洋溢地宣布说：'中国目前的革命的政党向全国人民所提出的抗日统一战线的政策，我是看见的，我是拥护的，我无条件地加入这战线。'而且坦荡地希望'曾用笔墨相讥'的战友'决不日夜记着个人的恩怨'，去为同一的目标战斗"。（《冯雪峰全集》第9卷第400页）

在鲁迅与延安和毛泽东之间，除了这些回忆录里的故事和言谈之外，也有现实中实有发生的往来。其中有三则故事流传甚广。尽管在具体情节和细节上仍有不少探讨空间，但故事的真实性本身经得住各类考据专家的考验。这三则故事就是：鲁迅曾致电毛泽东等人，祝贺红军长征胜利；鲁迅曾经委托冯雪峰给远在延安的毛泽东送火腿；鲁迅曾将自己编辑印行的瞿秋白的译文集《海上述林》分送给毛泽东和周恩来。

由于每一个故事都有具体情节上的争议，我在这里只能以冯雪峰的讲述为主，简述其基本面。一九七二年和一九七四年，冯雪峰分别接待了上海和延边的年轻学者、编辑的访问。综合下来，可以明了冯雪峰记忆中发生的故事。一九三六年十月初，冯雪峰身在上海，因有人去延安，他就想到给延安的中央首长们带点东西。于是买了二十条围巾，五听白锡包的香烟。因为当时鲁迅有一笔大约几元钱的稿费在冯雪峰手上，他就用这点钱"买了一只相当大的金华火腿"，以鲁迅的名义送给毛泽东。冯雪峰就此向鲁迅做了说明，鲁迅知道后"很同意而且很高兴"。也是在差不多的时候，鲁迅编选并全流程参与的瞿秋白译文集《海上述林》上卷得以印行，鲁迅拿了两本交给冯雪峰，请他分别赠送给毛泽东和周恩来，并交待说皮脊的是送M（毛泽东）的，绒布封面的送给周恩来。尽管事过多年，冯雪峰依然记得

"鲁迅提到毛主席时称'M'的亲切的声音"。当然，故事除了动情处也有戏剧性。一九三七年二月冯雪峰在西安时，曾有人告诉他火腿和书都是由"交通"送到西安又转交延安了。但冯雪峰说待他到延安后，张闻天告诉他，书是送到的，火腿给他们（指西安办事处的人）吃了。冯雪峰后来还向毛泽东提起到鲁迅送火腿的事，毛泽东"高兴地笑着说：'我晓得了。'"（以上情形参见《冯雪峰全集》第9卷第384页、第400页）

关于鲁迅致红军贺电，更是一个至今尚未有清晰结论的传奇、"悬案"。各家争说让人眼花缭乱，王锡荣先生的《鲁迅给中共中央致过贺电吗》一文（收入王锡荣《鲁迅生平疑案》一书）对此所作的梳理和辨析，是我读到的最综合、全面的专文，推荐对此话题有兴趣的读者延展阅读。总的看，各家纷争的点集中于：鲁迅有没有发过贺电，贺电究竟是谁起草、谁签名、谁拿去到哪里发表的，贺电祝贺的究竟是红军长征胜利，还是红军东渡黄河，等等。这些问题的纠缠甚至难倒了《鲁迅全集》编委会。很多人还记得一句传说是出自鲁迅的祝贺中央红军的名句："在你们身上，寄托着人类和中国的将来。"但关于电报的线索从头到尾都有各种不同说法。冯雪峰、茅盾、许广平这些在鲁迅晚年陪伴最多的人，对此事所做的回忆也不相同。而且冯雪峰本人不同时期和不同场合的回忆也不一致。《党给鲁迅以力量》一文中说："鲁迅先生没有和我们毛主席见过面，也不曾有过别的直接的个人的接触。如果说通信，也就只有当红军长征到达陕北的时候，他和茅盾先生共同转转折折地送去过一个给毛主席和朱总司令，庆祝胜利的电报。"而在接受青年学者采访时，他说："实际上这是史沫特莱搞的。""红军长征胜利，史沫特莱搞了个东西请鲁迅签名后，由史带到华北，再给交通送去的，电报是信的形式。"并且说张闻天还曾告诉过他，"鲁迅和茅盾打电报祝贺长征胜利"。然而由于这件事情从源头到结果都存在歧见，所以无论任何版本的电文都无法让人信服地收入到《鲁迅全集》当中。二〇〇五年版《鲁迅全集》，在第十四卷里以附录的形式收入《鲁迅、茅盾致红军贺信》一文。注释表述："此信原载中共中央西北局机关刊物《斗争》第95期(1936年4月17日)。系为祝贺红军东渡黄河对日军作战而写，起草人未详。"(第554页)

本文的目的不是探讨这封贺电的"前世今生"，本人的能力更不足以廓清如此复杂的史料难题。但我想有一点是可以肯定的，那就是鲁迅对红军长征的艰苦卓绝，对红军东渡抗日的英勇战斗，是充满敬意的。一九三二年，鲁迅在上海拉摩斯公寓家中接待陈赓来访，听他讲述红军反对国民党围剿的战斗情形,并有过就此写一篇小说的想法。从他多次从冯雪峰等人那里听到关于毛泽东以及延安的故事,从他参与到"自由大同盟"和"左联"的实际斗争,都可以看出他晚年时的内心选择和政治立场,尤其是他对中国前途掌握者和希望所在的清晰认知。从这个意义上讲,贺电准确的内容,准确的文字,与鲁迅的关系究竟如何,是一个需要深入讨论并逐渐清晰的学术问题,而鲁迅对红军的态度,对延安的认识,则是讨论这些问题时的鲜明底色。这或者也是一个"有经有权"的故事吧。

在鲁迅与毛泽东之间,在现实交往之"无"和神交之"有"之间,可以读出很多让人心动的故事和情节,具有很多深邃的内涵,值得我们不断地学习、认知、研究。让我们继续推开这扇窗户,探寻其中的色彩纷呈吧。

二〇二三年二月一日初稿于北京

# 时空相隔的对话

## ——鲁迅与毛泽东（下）

在毛泽东和鲁迅之间,错过的是时空,密集的是"对话"。毛泽东一生,无论是战争时期的延安,还是新中国成立后的北京,鲁迅,都是他提及最多的中国作家。当然,在毛泽东心目中,鲁迅绝不仅仅只是一位文学家,他从一开始对鲁迅的定位,就是放置在中国现代革命的阵营中予以评价。我在上篇中已经对此有过一些扫描式评说。下篇里,将集中对毛泽东究竟在哪些方面对鲁迅作出评价,以及他为传承和弘扬鲁迅精神、支持出版鲁迅作品做了哪些事情,做一描述。

## 因何而有"我跟鲁迅的心是相通的"

人们经常会引用毛泽东的一句话来概括他与鲁迅的"神交"之至:"我跟鲁迅的心是相通的"。这的确是一句值得铭记的箴言,可以见出他对鲁迅的尊敬之情。把这句话上升为总体上的概括性评价是有道理的,也的确有很多论据可以证明这一点。但这句被提升以后的概括,其原初是有特指的。我在上篇里已经引用过毛泽东的这一段话,重点是"世无英雄,遂使竖子成名"。进而谈道:"鲁迅也曾对于他的杂文说过同样的话,我跟鲁迅的心是相通的。我喜欢他那样坦率。他说,解剖自己,往往严于解剖别人。在跌了几跤之后,我亦往往如此。……"这封反映了毛泽东晚年心态的信,在提及鲁迅时,重点是"我喜欢他那样坦率",坦率地拒绝把自己的"小书"抬到不适当的位置。"世无英雄,遂使竖子成名",这可不是一般的低姿态。鲁迅对自己文章价值的自谦,也未必是从这个角度来谈的,但在自我认知的清醒上,却有异曲同工之妙。

鲁迅对自己作品的自谦式评价有很多,我们随手找几例,都可以得出相同的结论。比如,关于自己的小说:"这样说来,我的小说和艺术的距离之远,也就可想而知了,然而到

158

今日还能蒙着小说的名,甚而至于且有成集的机会,无论如何总不能不说是一件侥幸的事⋯⋯"(《呐喊·序言》)关于自己的杂文:"这些短评,有的是由于个人的感触,有的则出于时事的刺戟,但意思都极平常,说话也往往很晦涩。"(《伪自由书·前记》)关于自己的诗:"来信于我的诗,奖誉太过。其实我于旧诗素未研究,胡说八道而已。"(《致杨霁云》)关于自己的翻译:"创作既因为我缺少伟大的才能,至今没有做过一部长篇;翻译又因为缺少外国语的学力,所以徘徊观望,不敢译一种世上著名的巨制。"(《三闲集·鲁迅译著书目》)这样的例子可以举出很多。熟读鲁迅的毛泽东,自然也常可以从文字中读到这样的句式。他因此借用鲁迅的话来谈论自己的文章,也在情理之中。后来者出于热情,将这句话泛化为毛泽东与鲁迅心灵相通的论据,而不再拘束于原来的本意。这里特别想还原一下原初的语义,也在于想说明,毛泽东对鲁迅的认知,可以说是全方位的。既有超越文学的宏论,也有阅读中得出的独特体悟。没有对鲁迅文章的熟知,未必会借用鲁迅谈"世无英雄"这样的话题。

说到毛泽东深知鲁迅,还不止于在自谦这个话题上。他对鲁迅的理解,时会让人感知"心是相通的"。一九五五年六月十八日,毛泽东审阅《中共中央关于开展斗争肃清暗藏的反革命分子的指示》稿。指示稿中有这样一句话："暗藏的反革命分子的特点就是表面上顺着我们，甚至称赞我们，阿谀我们，胡风就是用这样的办法骗取了鲁迅的信任。"毛泽东批示指出："定一同志：此件已看过，我看可用。可提到此次会议征求意见，看有无须要修改的地方。文件内鲁迅的例子可以不举。"（《毛泽东年谱》第 2 卷第 391 页）这里要求不举鲁迅的例子，我认为，原因应该有二。一是鲁迅本人并非共产党员，此处举其为例不妥；二是说三十年代胡风骗取鲁迅的信任，应该是一个没有把握、未必准确的判断。

## 读鲁迅至烂熟于心

我在上篇里已经举过两个小例子，证明毛泽东对鲁迅文章的熟悉。因其主治大夫名字叫"由之"，便联想到鲁迅旧体诗《悼杨铨》里的诗句"花开花落两由之"，并盲写赠之；面对国际国内形势，便想起鲁迅一篇古代作品集的序言并引用之。毛泽东对鲁迅作品可谓通读、熟读。无论是小说还是杂文，无论是散文诗还是旧体诗，都可以信手拈来，甚至可以大段背出。

由此可知，毛泽东不是泛泛地谈论鲁迅思想、观点，而常常可以用具体的文章来说话。即使他本人未曾点出题目，也能根据他的谈话，知道所指是哪一篇。比如，一九六六年四月二十八日，毛泽东在杭州汪庄同陈伯达、康生谈话，说："赞成鲁迅的意见，古书不可多读，但经史子集，也要硬着头皮读一下，不读人家会欺负你。"（《毛泽东年谱》第5卷第580页）这里说赞成鲁迅"古书不可多读"，应是指鲁迅一九二五年二月应《京报副刊》的征求"青年必读书"意见所答。其中有"我以为要少——或者竟不——看中国书，多看外国书"（《华盖集》）这一当时即引起争论的论断。

毛泽东对鲁迅在文学创作上取得哪些成就，题材、主题、体裁、风格有哪些特点，可以说具有专业化的了解和掌握。一九五八年三月十七日，他在主持会议时说道："现在是过渡时期，需要的小说不是什么大作品，而是一些及时反映现实的中篇、短篇，像鲁迅的那些作品。鲁迅并没有写什么大作品嘛！"（《毛泽东年谱》第3卷第316页）毛泽东这里不是做文艺理论上的分析和创作研究，他完全是站在大的社会和时代背景下，非常简约地做出了自己的结论，即社会主义过渡时期，希望文学上有更多的中短篇小说。鲁迅没有创作长篇小说，是一个复杂的问题，毛泽东这里所抓住了问题颇具实质性的一面。

仅有熟读当然是不够的,作为一位博览群书的政治领袖,对鲁迅作品,毛泽东总能提出自己的新解。以做文学专业研究的人看,这些新解有时有"强制阐释"的味道。可我总觉得,毛泽东经常是刻意要这么做,因为在"经"与"权"之间,他更着眼于后者。无论是在什么场合,他讲鲁迅,都是站在现实的革命需要的角度,而不会满足于做一个文学欣赏者、研究者。所以我们会看到,他对鲁迅作品的一些阐释有时有随兴而至的味道,未必是研究的结论,却也时有给人启思之处。我们不妨看看他对鲁迅作品的一些分析和评价。

一九三八年六月十四日,毛泽东会见平民教育会派来延安参观的诸述初。在长达两小时的谈话中,毛泽东从平民教育工作谈到政治问题,说:"农民的性格有两方面,一是黑暗的,如自私自利、愚蠢守旧等,鲁迅的《阿Q正传》,就是专写那黑暗面的作品。一是光明的,如急功好义、勇敢牺牲等。他们一身就具备了这两种矛盾的性格。政治的作用,便在发动他们这光明面的积极性,逐渐克服他们的黑暗面,实现民主的政治。"[《毛泽东年谱》(中)第79页]而在一九四二年五月二十一日出席中共中央政治局会议,讨论目前时局、整风学习、文艺座谈会等问题时,他又指出:"延安文艺界中小资产阶级自由主义浓厚。现在很多作品描写的是小资产阶级,对于小资产阶级同情。鲁迅的《阿Q正传》是同情工农的，与延安文艺界不同。必须整顿文风，必须达到文艺与群众结合。"[《毛泽东年谱》(中)第381页]

　　一九五六年，毛泽东写下了著名的《论十大关系》，其中也讲到了鲁迅，讲到了《阿Q正传》："《阿Q正传》是一篇好小说，我劝看过的同志再看一遍，没看过的同志好好地看看。鲁迅在这篇小说里面，主要是写一个落后的不觉悟的农民。他专门写了'不准革命'一章，说假洋鬼子不准阿Q革命。其实，阿Q当时的所谓革命，不过是想跟别人一样拿点东西而已。可是，这样的革命假洋鬼子也还是不准。我看在这点上，有些人很有点像假洋鬼子。他们不准犯错误的人革命，不分犯错误和反革命的界限，甚至把一些犯错误的人杀掉了。我们要记住这个教训。无论在社会上不准人家革命，还是在党内不准犯错误的同志改正错误，都是不好的。"(《毛泽东文集》第7卷第39页)

　　可以看到，当重点是讨论农民问题时，毛泽东指出鲁迅重在揭露黑暗面；重点是教育文艺界时，强调鲁迅对农民的同情；在论及革命问题时，又专门谈论了阿Q的"革命"观和"革命"权利。我们知道，《阿Q正传》里塑造的阿Q，以及鲁迅其他作品中塑造的农民形象，主题是揭示国民性的弱点，是对其麻木、不觉醒的悲哀甚至无奈。但鲁迅并没有把农民形象符号化，更没有以高高在上的态度鄙视这些人物。他对农民的态度，是哀其不幸，怒其不争。毛泽东是懂文学的政治家，是讲政治的诗人。究其一点，不及其余，为我所用，不掉书袋，是他的文学批评方法。

毛泽东经常会拿鲁迅作品为例教育文艺界的人。一九四二年二月十七日，他参观延安美协举办的讽刺画展览，对作者华君武、蔡若虹、张谔给予赞扬，并鼓励他们继续努力。不过，展览后不久，有一天他邀三人谈话。毛泽东说："有一幅画，叫《一九三九年所植的树林》(华君武作)，那是延安的植树吗？我看是清凉山的植树。延安植的树，许多地方是长得好的，也有长得不好的。你这幅画把延安的植树都说成是不好，这就把局部的东西画成全局的东西，个别的东西画成全体的东西了。漫画是不是也可以画对比画呢？比方植树，一幅画画长得好的，欣欣向荣的，叫人学的。另一幅画画长得不好的，树叶都被啃光的，或者甚至枯死了，叫人不要做的。把两幅画画在一起，或者是左右，或者是上下，这样画，是不是使你们为难呢？""对人民的缺点，不要老是讽刺，对人民要鼓励。对人民的缺点不要冷嘲，不要冷眼旁观，要热讽。鲁迅的杂文集叫《热风》，态度就很好。"[《毛泽东年谱》(中)第 363 页]

毛泽东这里对鲁迅杂文集《热风》之名的解释,可以说既没有离开鲁迅的本意,又表达了更深的含义。鲁迅在《〈热风〉题记》里说:"但如果凡我所写,的确都是冷的呢?则它的生命原来就没有,更谈不到中国的病证究竟如何。然而,无情的冷嘲和有情的讽刺相去本不及一张纸,对于周围的感受和反应,又大概是所谓'如鱼饮水冷暖自知'的;我却觉得周围的空气太寒冽了,我自说我的话,所以反而称之曰《热风》。"这里的确包含着态度上的"热",希望以自己文字的温度,能给周围寒冽的空气以一定的刺激。也含着激发人们的热情,对不合理的现象给以无情批判之意,表达的是强烈的改革愿望。反对无情的冷嘲,主张有情的热讽。毛泽东抓住了鲁迅强调的态度上的"热"度来教育其他的艺术家,这也是他对文学灵活学、主动用的一个例证。

一九六三年十一月二十六日,毛泽东会见古巴作家和艺术家联合会文学部主任、诗人比达·罗德里格斯和夫人。期间也谈到鲁迅。毛泽东说:"鲁迅是中国革命文豪,前半生是民主主义左派,后半生转为马列主义者。鲁迅对帝国主义、封建主义的斗争很明确,他是从那个社会出来的,他知道那个社会的情况,也知道如何去斗争。旧知识分子说他具有二心,是叛徒,所以他写了《二心集》;又说他运气不好,正交华

盖运,他就出了一本集子叫《华盖集》,还说他是堕落的文人,他就用了'洛文'的笔名。"(《毛泽东年谱》第5卷第285页)

在鲁迅所有的作品中,毛泽东谈及最多的是鲁迅的旧体诗,这当然也与毛泽东本人是诗人有很大关系。本来,毛泽东对自己诗词创作的态度,就与鲁迅对诗歌的态度有很大程度上的相近,即不认为自己有志于成为诗人。一九五七年一月十四日下午,毛泽东同臧克家、袁水拍谈诗歌创作问题,尤其是关于新诗旧诗争论的问题,说:"不要在青年中提倡旧诗。现在看到的有些旧体诗较好,并不都好,有些不好。有些诗不好,在于需要注解,诗不宜多注解,不能依靠注解。鲁迅写了新体诗《野草》,不流行。他的旧体诗却流行很广。因为旧体诗的形式容易背诵记忆。"(《毛泽东年谱》第3卷第63页)这是一种辩证的说法,旧体诗虽不宜提倡,但必须承认旧体诗有容易背诵从而也容易流行的优势。他举《野草》的例子来比较鲁迅旧体诗,说明新旧在理解难易上并非完全是新易旧难。很有道理。

在鲁迅所有的诗句中,毛泽东引用最多的是这两句:"横眉冷对千夫指,俯首甘为孺子牛。"这两句诗,毛泽东最早是在延安文艺座谈会上的讲话中引用。《讲话》提到鲁迅名字达十次之多。其中指出:"既然必须和新的群众的时代相结合，就必须彻底解决个人和群众的关系问题。鲁迅的两句诗，'横眉冷对千夫指，俯首甘为孺子牛'，应该成为我们的座右铭。'千夫'在这里就是说敌人，对于无论什么凶恶的敌人我们决不屈服。'孺子'在这里就是说无产阶级和人民大众。一切共产党员，一切革命家，一切革命的文艺工作者，都应该学鲁迅的榜样，做无产阶级和人民大众的'牛'，鞠躬尽瘁，死而后已。"

毛泽东很肯定地对诗句中的意象做了自己的判断。不过，此事后来还有一点花絮。一九四四年一月二十四日，山东省文协致中央总学委的电报中说："毛主席在延安文艺座谈会上的讲话，引用鲁迅两句诗，第一句'横眉冷对千夫指'，解'千夫'为敌人。惟细读原诗所用'千夫指'典故，似即'千夫所指，无病而死'，若然，则'千夫'是大众，而'千夫'所指的家伙，则是敌人。这样的解释，虽不违背毛主席讲话的精神，但'千夫'的解释恰恰相反。请问明毛主席电示为盼。"二月八日，毛泽东就此为中央总学委起草回电报。指出："鲁迅虽借用'千夫指'古典的字面，但含义完全变了，你们的解释是不适当的。"[《毛泽东年谱》(中)第494页]坚持"千夫"是"敌人"说。

一九六二年一月十二日，毛泽东会见以日本社会党顾问铃木茂三郎为团长的日本社会党访华团。当日本客人谈到他们非常喜欢毛主席去年为他们书写的鲁迅的一首诗时，毛泽东说，鲁迅的那首诗是写给中国人民的。如果他对你们有帮助，那就好。这不是我对你们的帮助，是鲁迅对你们的帮助，鲁迅对日本人民是有感情的。

这里所说书赠鲁迅诗给日本来访者，发生在一九六一年十月七日。那一天上午，毛泽东在中南海勤政殿会见日中友协代表团、日本民间教育家代表团等日本客人。毛泽东说："尽管斗争道路是曲折的，但是日本人民的前途是光明的，日本人民是有希望的。鲁迅是中国黑暗时代的伟大革命战士、文学战线的领导者。他写了一首诗《无题》：'万家墨面没蒿莱，敢有歌吟动地哀。心事浩茫连广宇，于无声处听惊雷。'这一首诗，是鲁迅在中国黎明前最黑暗的年代里写的，说明他在完全黑暗的统治下看到了光明。我把我书写的这首诗送给你们。"（《毛泽东年谱》第5卷第39页）

在黑暗中看到光明。毛泽东对鲁迅精神的概括极其精准、凝练。在此一点上，毛泽东具有同鲁迅一样的意志品格：愈挫愈勇，相信未来！

毛泽东对鲁迅为数不多的旧体诗可谓滚瓜烂熟。不但背诵如流，常常提笔抄录赠送他人，而且还以"改写"方式与鲁迅来一次"隔空""唱和"。如一九五九年十二月一时兴起，作诗三首。其中一首题为《七律·改鲁迅诗》，诗曰："曾警秋肃临天下，竟遣春温上舌端。尘海苍茫沉百感，金风萧瑟走高官。喜攀飞翼通身暖，苦坠空云半截寒。悚听自吹皆圣绩，喜看敌焰正阑干。"（转引自《毛泽东年谱》第4卷第294页）这首诗改自鲁迅的七律《亥年残秋偶作》。这首诗的写作缘起，有学者指出，正是"一九三五年十月，毛泽东等中共领导人带领红军冲破蒋介石几十万大军的围追堵截，经过万里长征，胜利到达陕北。鲁迅听到这个消息非常高兴，写下了著名的《亥年残秋偶作》一诗，其中有'竦听荒鸡偏阒寂，起看星斗正阑干'的句子，表现了鲁迅遥望北斗星，对远在陕北的红军及毛泽东等中共领导人的无限牵挂之情。"（何立波《毛泽东与鲁迅神交往事》，见《党史纵览》2007年第5期）当然，这首作于一九三五年"残秋"时的诗，几乎与红军到达陕北时间重叠，鲁迅是否得到这一消息，以及其诗是否因此而作，并无定评。相对而言，认为鲁迅并不知情的可能性更大。但无论如何，毛泽东改写鲁迅这首诗，首先是鲁迅于黑暗中看到光明的微光打动了他，是一种遥远的、深切的呼应，一种心灵"相通"的回响。

一九六一年，正逢鲁迅诞辰八十周年。毛泽东为此写下了《七绝二首》，以为纪念。其一："博大胆识铁石坚，刀光剑影任翔旋。龙华喋血不眠夜，犹制小诗赋管弦。"其二："鉴湖越台名士乡，忧忡为国痛断肠。剑南歌接秋风吟，一例氤氲入诗囊。"（转引自《毛泽东年谱》第5卷第66页）几乎是对鲁迅生平经历与精神境界的诗化总结。

在毛泽东心目中，鲁迅是文学家，首先是一位诗人。

## 如果鲁迅还在会怎样

在关于鲁迅的种种议论中，有一个点似乎始终存在。这就是，如果鲁迅没有在五十六岁时的一九三六年去世，如果他可以在八十岁时仍然颐养天年，那会是怎样的情形和结局，会有怎样的感受和文章？历史没有假设，但不可能阻止人们去做"穿越"式的遥想。有些议论甚至在前些年还一时兴起，沸沸扬扬。应当强调的是，毛泽东的确讲过这个话题，但他不是对某一两个人私下里讲的，而是在一次会议上公开所讲。我只以《毛泽东年谱》的记述为证。

一九五七年三月八日。在中南海颐年堂召开文艺界座谈会。毛泽东指出："要求所有的作家接受马克思主义世界观是不可能的。大多数作家接受马克思主义世界观大概需要几十年才有可能。在还没有接受马克思主义世界观的时间内，只要不搞秘密小团体，可以你写你的，各有各的真实。

这里边，当然还要有帮助。"同一讲话中指出："鲁迅不是共产党员，他是了解马克思主义世界观的。他的杂文有力量，就在于有了马克思主义世界观。我看鲁迅在世还会写杂文，小说恐怕写不动了，大概是文联主席，开会的时候讲一讲。这三十三个题目，他一讲或者写出杂文来，就解决问题。他一定有话讲，他一定会讲的，而且是很勇敢的。真正的马克思主义者是不怕什么的。文艺批评怎么样了？这也要看到知识分子的两头小、中间大这个基本状况，这就是为什么要采取百花齐放、百家争鸣政策的缘故。"（《毛泽东年谱》第3卷第101页）

梳理这一段讲话，可以看出一个突出的关键词：帮助。帮助作家，也帮助读者。毛泽东无论自己作为诗人，还是对现实的观察，都深刻地意识到，文艺界存在着特殊的复杂性，这种复杂性也是与多样性相关联的。他也在想象着、期盼着理想的情景，所以又一次提到，百花齐放，百家争鸣，应该就是实现这一理想情景的有效途径。但百花齐放，百家争鸣并不是一个平面，而是有占主流和统治地位的，有处于支流和被统治地位的。

讲话触及到了一个直到今天仍然看似很敏感的话题，即鲁迅活着会怎样？前几年有人以各种猜测和无法坐实的"材料"试图证明,毛泽东曾经讲过,鲁迅活着会在监狱里。但毛泽东的讲话明确指出,鲁迅活着还会写作。他相信鲁迅是有马克思主义世界观的,而这一判断,毛泽东坚信并非是个人强加,而是符合鲁迅晚年思想观发展实际的。

两天后的三月十日下午,在中南海颐年堂召集新闻出版界座谈会。毛泽东谈到:"文章写得通俗、亲切,由小讲到大,由近讲到远,引人入胜,这就很好,板起面孔办报不好。有人问,鲁迅现在活着会怎么样?我看鲁迅活着,他敢写也不敢写。在不正常的空气下面,他也会不写的,但更多的可能是会写。现在有些作家不敢写,有两种情况:一种情况,是我们没有为他们创造敢写的环境,他们怕挨整;还有一种情况,就是他们本身唯物论没有学通。文章的好坏,要看效果,自古以来都是看效果做结论的。"(《毛泽东年谱》第3卷第105页)

每个人都会按照自己的观点想象历史,我们只能陈述事实,至少是相对可信的历史记录。


## 对经典解读的异与同

毛泽东读书甚多,无需我在这里赘述。他对中国古代小说及诗词的阅读、理解和解读，之广之精之深，令人惊叹。鲁迅有过《中国小说史略》等学术著述。对中国古代小说，尤其是经典文学名著，他们二人的见解常常十分相近。当然，在一些具体作品的看法上，毛泽东又时有不同意鲁迅的地方。两相比较，也是十分有趣且引人深思。

一九七五年八月十四日，毛泽东同芦荻谈话。芦荻请教《三国演义》《红楼梦》和《水浒传》等几部古典小说的评价问题。毛泽东说："《水浒》这部书，好就好在投降。做反面教材，使人民都知道投降派。《水浒》只反贪官，不反皇帝。屏晁盖于一百零八人之外。宋江投降，搞修正主义，把晁的聚义厅改为忠义堂，让人招安了。宋江同高俅的斗争，是地主阶级内部这一派反对那一派的斗争。宋江投降了，就去打方腊。这支农民起义队伍的领袖不好，投降。李逵、吴用、阮小二、阮小五、阮小七是好的，不愿意投降。鲁迅评《水浒》评得好。他说：'一部《水浒》，说得很分明，因为不反对天子，所以大军一到，便受招安，替国家打别的强盗——不"替天行道"的强盗去了，终于是奴才。'（《三闲集·流氓的变迁》）金圣叹把《水浒》砍掉了二十多回。砍掉了，不真实。鲁迅非常不满意金圣叹，专写了一篇评论金圣叹的文章《谈金圣叹》（见《南腔北调集》）。《水浒》百回本、百二十回本和七十一回本,三种都要出,把鲁迅的那段评语印在前面。"(《毛泽东年谱》第6卷第603页)八月下旬,毛泽东圈阅国家出版局关于学习和贯彻毛主席关于《水浒》的重要批示的请示报告。请示报告说"关于《水浒》的出版工作,拟出版百回本,百二十回本,七十一回本,以上几种版本,书前均印鲁迅在《流氓的变迁》一文中对《水浒》的一段评语,并加出版前言。"(《毛泽东年谱》第6卷第605页)

相隔近半个世纪,两人对一部文学名著的看法仍然相近、相通。

但毛泽东也有不同意鲁迅观点时。一九三九年五月五日,毛泽东到鲁迅艺术学院访问萧三。毛泽东说:"《聊斋志异》是封建主义的一种温情主义,作者蒲松龄反对强迫婚姻,主张自由恋爱,反对贪官污吏,但是不反对一夫多妻,他的这种主张在封建社会不能明讲,乃借鬼狐说教。《聊斋志异》其实是一部社会小说。鲁迅把它归入'怪异小说',是他在接受马克思主义以前的看法,是不正确的。"[《毛泽东年谱》(中)第125页]

毛泽东评价文学艺术向来具有超越性,总是有站在政治、社会、历史的角度分析作家作品的意识和能力。但因此认为他就是以政治家的评价眼光谈文学,又极不全面。比如他认为杜甫、白居易等太过现实主义,哭哭啼啼,不好。喜欢并主张来点李白李贺李商隐,多点幻想和浪漫主义。关于鲁迅的《聊斋志异》观,我们可以通过《中国小说史略》《中国小说的历史的变迁》来寻求。其中确把《聊斋志异》称为"志怪"(用传奇法,而以志怪)。但其实,"志怪"而非"怪异",还是有一点区别的。鲁迅又称《聊斋志异》为"拟古派",是从写法上,认为其杂合了六朝志怪和唐传奇。不过,鲁迅确没有把《聊斋志异》看成是社会小说,他重点强调了《聊》书描写"详细而委曲,用笔变幻而熟达。说妖鬼多具人情,通世故,使人觉得可亲,并不觉得很可怕,不过用古典太多,使一般人不容易看下去"。

从中可见,鲁迅谈的是小说史链条上的《聊斋志异》,而毛泽东分析的是世道人心。鲁迅说这些论点是在一九二四年前后,马克思主义观点他肯定不具备。或许可以说,鲁迅作为小说家,常从诗中分析世道人心,而愿意谈谈小说的艺术要素。毛泽东作为诗人,多把小说看作社会生活的记录,在诗歌上又多欣赏浪漫主义。

毛泽东是鲁迅的知音,他称鲁迅是现代中国的第一等圣人。但他对鲁迅一样不迷信。凡读,总有自己的看点、发现、立场、观点。在把研究对象偶像化这一点上,我们作为平常人总是难以克服。从这个意义上说，他们二人也一样，"心是相通的"。

## 毛泽东之于鲁迅作品的出版

毛泽东是鲁迅的读者。他从中阅读中国，阅读中国历史，也阅读中国人的性格。他从中理解斗争以及斗争的策略。他从鲁迅的文字中感悟文学的真谛，理解鲁迅对艺术的理解。一部《鲁迅全集》，是他相伴终身的著作。除了熟读，他还鼓励身边人，要求党内的干部多读鲁迅。为此，他也多次要求和支持出版鲁迅作品。关于毛泽东对《鲁迅全集》编辑出版工作的支持，我在《纸张寿于金石——〈鲁迅全集〉出版史略》中已有较细描述，这里就不再重复了。总之一条就是，没有毛泽东的批示，一九八一年版的《鲁迅全集》出版过程，可能就是另外一种情形。

毛泽东自己就是鲁迅作品的渴求者。据在毛泽东身边工作过的张贻玖记述，"一九三五年底长征到达延安不久，毛泽东就在陕西第四中学只有两间房的小图书馆里，发现有鲁迅著作的单行本，当即高兴地借走了三本"，之后很快借阅完全部鲁迅作品集。(张贻玖《毛主席和鲁迅著作》)一九三八年一月十二日，毛泽东致信艾思奇说："我没有《鲁迅全集》，有几本零的，《朝花夕拾》也在内，遍寻不见了。"在获得一套完整的全二十册《鲁迅全集》后，这套紫红漆皮墙面、黑色漆皮烫金书脊的著作就从未离开过毛泽东的书架。"1947年，延安战略转移时，为了轻装行军，毛主席扔掉了很多东西，唯有这套《鲁迅全集》和另外一些他最喜爱的书由随行战士分散携带，几经战火的洗礼，从延安带到西柏坡，从西柏坡带进中南海。他曾指着这套书对身边工作的同志深情地说：'这套书能保存到今天，首先得感谢那些为我背书的战士们啊！'"（同见张贻玖文）

毛泽东不但反复阅读鲁迅作品，而且常在鲁迅作品旁边画圈或作批注。"鲁迅的杂文集毛主席几乎都有划圈"，"毛主席曾说，对鲁迅的杂文他是读两三遍才懂的。""在二十世纪七十年代出版的大字本《准风月谈》中《关于翻译（下）》这篇文章里，毛主席在标题旁边画着曲线，在标题前画着大圈，在封面上用颤抖的笔迹写着：'吃烂苹果，1975·8'。这是他老人家逝世前一年身患重病时，读鲁迅杂文留下的最后一个批注。"（同见张贻玖文）毛泽东特别赞赏鲁迅的这一比喻，是反对和批评那些"金要足赤，人要完人"的绝对化错误。

毛泽东自己对鲁迅作品出版的倡议和支持由来已久。一九四二年五月二日,在延安文艺座谈会上的讲话中曾谈到,"我们有两支军队,一支是朱总司令的,一支是'鲁总司令'的,即'手里拿枪的军队'和'文化的军队'"。可见他对鲁迅文章现实的、革命的意义和价值的高度评价。因此他特别希望党内同志能够多接触和阅读鲁迅作品。一九四二年七月二十五日,毛泽东出席中共中央政治局会议。会议讨论了出版工作。针对稿件缺少的问题,毛泽东说:"最近经验,少而精的东西还能看而且有益,多了无法看。有富裕的排印时间,可印《鲁迅全集》《海上述林》、小说、吕振羽的《中国政治思想史》。"[《毛泽东年谱》(中)第394页]延安整风时期,除了推荐一些党的著作和文件,还特别将鲁迅的《答北斗社问》列入其中,目的是通过学习鲁迅而改进文风。一九四二年九月十五日,致信何凯丰。信中说,"整风完后,中央须设一个大的编译部","大批翻译马、恩、列、斯及苏联书籍","我想亮平在翻译方面曾有功绩,最好还是他主持编译部,不知你意如何? 不知他自己愿干否? 为全党着想,与其做地方工作,不如做翻译工作,学个唐三藏及鲁迅,实是功德无量的"。[《毛泽东年谱》(中)第403页]这里的"与其做地方工作,不如做翻译工作",是针对时任延安《解放》周刊编辑部主任吴亮平，根据其专长和为全党着想，希望他能做一点翻译工作。毛泽东这里把鲁迅在翻译方面的成就直接比肩于唐三藏，可见其评价之高。这又是毛泽东把鲁迅敬重为"圣人"的一例。

鲁迅在翻译上的贡献的确非比寻常。他一生创作、学术、书信、日记等写作达三百多万字。而他在翻译方面的字数，几乎等于全部写作。他的著名的"拿来主义"说，要义是占有和挑选。然而占有、挑选是需要前提的，那就是："首先要这人沉着，勇猛，有辨别，不自私。没有拿来的，人不能自成为新人，没有拿来的，文艺不能自成为新文艺。"（《拿来主义》，《且介亭杂文》）鲁迅对待外来经典的"拿来"中不迷信，有判断，与毛泽东对待经典的态度非常吻合。毛泽东不但看重鲁迅翻译上的成就，而且非常辩证地指出鲁迅创作与翻译的关系。在《同音乐工作者的谈话》中指出，"鲁迅是民族化的，但是他还主张过硬译"，"鲁迅对外国的东西和中国的东西都懂，但他不轻视中国的"，"鲁迅翻译了《死魂灵》《毁灭》等等，但是他的光彩主要不在这方面，是在创作"。"吸收外国的东西，要把它改变，变成中国的。鲁迅的小说，既不同于外国的，也不同于中国古代的，它是中国现代的。"[《毛泽东文集》第7卷第82页]毛泽东对鲁迅作品了解之深，理解之精准，实为专业。

除了对鲁迅作品的出版给予支持外,在纪念鲁迅的历史上,也留有不少毛泽东本人的印迹。一九五六年十月一日,毛泽东为鲁迅新墓在上海虹口公园落成题写墓碑:鲁迅先生之墓。这一天,正逢国庆日,上午十时毛泽东出席在天安门举行的中华人民共和国成立七周年庆祝大会,检阅部队和游行队伍。晚上十一时会见法国共产党代表团。日程如此紧张的情形下,又为即将迁移的鲁迅墓题写了墓碑。一九五六年,正逢鲁迅逝世二十周年,中共中央、国务院决定举行隆重纪念活动,同时决定迁鲁迅墓到新址。新址位于上海虹口公园(现为鲁迅公园),与鲁迅故居及鲁迅纪念馆都很近。迁墓仪式于十月十四日举行。毛泽东题字在十月一日写成,应该就是为赶得上这一天的仪式。

鲁迅与毛泽东,这是一个无尽的话题。思想的或精神的,阅读的或审美的,任何一个微小的点,都可以展开无穷尽的讨论。着眼于鲁迅与中国共产党人这一角度,以上描述和分析显然是远远不够的。我愿就此继续探讨下去,更愿读更多更好的论述。

# 纸张寿于金石

## ——《鲁迅全集》出版史述略

二〇二一年九月二十五日，为纪念鲁迅诞辰一百四十周年，人民文学出版社召开"人文社与鲁迅作品出版暨纪念鲁迅诞辰一百四十周年座谈会"。这是一个颇有特色的话题。人民文学出版社是《鲁迅全集》的出版机构，其权威性不仅因为其出版历史长，更因其编辑、注释等一系列工作在专业性上的不可替代。多位鲁迅研究界的专家，参加过一九八一年版《鲁迅全集》、二〇〇五年版《鲁迅全集》出版工作的资深编辑参加了当天的座谈会。

　　我在会上作了个简短发言。我的发言既是向长期以来为鲁迅作品出版作出贡献的人民文学出版社以及资深专家、前辈编辑致敬，也表达了对鲁迅作品出版再出发的期待。我在发言中还表达了这样一个观点,希望鲁迅研究界的专家们在研究、总结鲁迅著作的出版史时,不要忘记阐述中国共产党在《鲁迅全集》出版史上最原初的、始终如一的作用,不要忘记研究中国共产党领袖人物一直以来对《鲁迅全集》出版的重视、支持。事实也的确如此,《鲁迅全集》的出版史,它的发生、发展,很大程度上早已超出了文学的出版的范畴,本身就是一部值得书写的历史。我想就此梳理一下,并突出政治力量对《鲁迅全集》的推动作用。

## 鲁迅逝世与《鲁迅全集》的启动

一九三六年十月十九日晨,鲁迅在上海逝世。由于鲁迅在现代中国的深远影响,这一悲痛的消息激起了各方反响。远在延安的中共中央在得到鲁迅逝世的电讯后,于十月二十日即鲁迅逝世的次日,给上海文化界救国联合会和许广平发去了唁电,并同时发出了《为追悼与纪念鲁迅先生致中国国民党委员会与南京国民政府电》,其中有这样的要求:

> 贵党与贵政府为中国最大部分领土的统治者,敝

党敝政府敬向贵党贵政府要求：

（一）鲁迅先生遗体举行国葬，并付国史馆立传；

（二）改浙江省绍兴县为鲁迅县；

（三）改北平大学为鲁迅大学；

（四）设立鲁迅文学资金，奖励革命文学；

（五）设立鲁迅研究院，搜集鲁迅遗著，出版鲁迅全集；

（六）在上海、北平、南京、广州、杭州建立鲁迅铜像；

（七）鲁迅家属与先烈家属同样待遇；

（八）废止鲁迅先生生前贵党贵政府所颁布的一切禁止言论出版自由之法令。

表扬鲁迅先生正所以表扬中华民族的伟大精神。敝党敝政府的要求，想必能获贵党贵政府的同意。特此电达。

其中的第五条就发出了完整编辑出版鲁迅著作的呼吁。这也是以上诸条中实现最早的愿望。另一条就是第四条，设立鲁迅文学奖，直到改革开放新时期，中国作家协会始设鲁迅文学奖。其他诸项，可能为共产党对国民党提出的"过度"要求，以迫使其积极对待鲁迅身后事宜，具体事项均因历史条件发生变化而未获实施。

对于一位文学家来说，最重要的是为后世人留下作品，像鲁迅这样在世时已注定属经典之列的作家，其作品的整理和出版就显得格外迫切。鲁迅逝世后，他的亲人、学生、战友，几乎是共同意识到出版《鲁迅全集》意义的重大和迫切性。正如许广平所言，"溯自先生逝后，举世哀悼。舆情所趋，对于全集出版，几成一致要求"。而这些要求归纳起来，又有以下一致："望早日出版""希收集齐备""冀售价低廉"（《〈鲁迅全集〉编校后记》）。

编辑出版完整的鲁迅作品，甚至是鲁迅本人在世时的愿望，书名也已定好：《三十年集》，而且他自己已经构思出了两种编辑方案。其中第一种，将所有著述分为"人海杂言""荆开丛草""说林偶得"三大类。目录之外未作说明，所以连许广平本人都不明白鲁迅目录里所写"起信三书"具体所指是什么。第二种则按体裁分类并以创作为序。许广平曾经记述道："记得先生大病前，曾经说到过：他自一九〇六年二十六岁中止学医而在东京从事文艺起，迄今刚刚三十年，只是著述方面，已有二百五十余万言，拟将截至最近的辑成十大本，做一记念，名曰《三十年集》。当时出版界闻讯，不胜欣忭，纷请发行。使先生不病且死，必能亲自整理，力臻完善。"《三十年集》于一九四一年九月出版，编辑者为"鲁迅纪念委员会"，出版者为鲁迅全集出版社，加上原初的编辑、目录的确定者是鲁迅本人，所以这套多达三十册的文集，倒是"通体"都是"鲁迅"元素了。《三十年集》是鲁迅所有创作和学术的集成，未收鲁迅的任何译著。这既是因为要尊重鲁迅本人意愿，也是考虑到读者购买的承受力。

虽说《三十年集》"启动"在前，但实现出版方面，倒是先有《鲁迅全集》。正如许广平谈到《三十年集》时所说："无奈愿与事违，先生竟病且死，死后行将二年，始将全集印行，捧诵遗著，弥念往昔，不胜痛悼。"如果印行《三十年集》是为了实现鲁迅本人的愿望，那《鲁迅全集》的出版则更充分体现了各界有识之士对鲁迅的尊崇和对鲁迅作品的热爱。

一九三七年七月十八日，由宋庆龄、蔡元培、许广平、沈钧儒、许寿裳等七十二人组成的鲁迅纪念委员会在上海成立。据上海《大公报》报道，当天的成立大会上，由许广平报告了《鲁迅全集》的运行进程："鲁迅遗著共三十余种，大都已经中央审查通过，现正整理版税权之收回，以便全集从速出书。全集编辑各先生，为蔡元培、马裕藻、周作人、许寿裳、沈兼士、茅盾、许广平等七人。"而北京的《北平新报》则指出："关于《鲁迅全集》审查事已有部批，除《二心集》《南腔北调集》《毁灭》《伪自由书》四种，全部禁止；《华盖集》《坏孩子及其他》《而已集》《花边文学》《准风月谈》《三闲集》《鲁迅杂感选集》《壁下译丛》八种，部分删去。"其余倒"均通过"；而"关于被禁部分，现正从事疏通，有无其他办法另行出版，则尚不可知云"。事实的确如此，在国民党白色恐怖与专制统治下，完整地、公开地出版《鲁迅全集》几乎是一件不可能的事情。

《鲁迅全集》的出版很自然落到了许广平、许寿裳等亲人，以及革命、进步人士身上。一九三七年十月，"文艺界救亡协会"在上海成立，郭沫若、胡愈之、陈望道、巴金、郑振铎、许广平等人参加，会议提议："前与商务印书馆商定出版之《鲁迅全集》，因战事关系，延期出版，决由今日出席者签名，请商务从速进行出版。"[《学习鲁迅精神，文艺家大团结》，见《鲁迅研究资料汇编》(2)，第 872 页]鲁迅纪念委员会在一九三八年五月十六日发表于汉口《文艺阵地》上的《〈鲁迅全集〉发刊缘起》一文中，特别说明了全集与鲁迅《三十年集》的关系，"幸而鲁迅先生去世之前，曾手拟《三十年集》总目，生平著作及述作，依照年代先后，分作十卷。这次纪念委员会刊印全集，是以这一目录作为基础，再加上翻译作品，依照翻译年代先后，分作十卷。"文章强调了《鲁迅全集》出版对于中国和中国人民的重大意义。"这是一个火炬,照耀着中国未来的伟大前途;也是一个指针,指示着我们怎样向着这前途走去。在这个民族抗争的期间内,这全集的出版,将发生怎样的作用,是可以想象得到的。"

## 初版《鲁迅全集》的曲折过程

《鲁迅全集》的出版是一件注定要载入中国出版史册的大事,众多重要人物在这一过程中发挥了各自的作用。这里可以就胡愈之的努力做一介绍,略知其中之艰辛和感人之处。关于胡愈之为推动《鲁迅全集》出版所做的工作,郑振铎在《忆愈之》一文中曾写道:"《鲁迅全集》的编印出版,也是他所一手主持着的,在那样人力物力缺乏的时候,他的毅力却战胜了一切,使这二十巨册的煌煌大著能够在很短的时间内印出。"胡愈之,浙江上虞人,一九三三年加入中国共产党。他先后参与创办《公理日报》《团结》《东方杂志》等报刊,参与组建"上海文化界救亡协会""复社"等团体,宣传中国共产党的方针路线,传播抗日救国主张,与侵略者和反动势力进行坚决斗争。一九四九年后,任国家出版总署署长、《光明日报》总编辑等职。胡愈之是鲁迅的同乡,青年时期在绍兴府中学堂上学时就受到过鲁迅的教育,对鲁迅的尊崇无疑是真切的。能够为《鲁迅全集》出版尽力,于公于私,他都十分愿意全情投入。

二〇一八年十月十五日《文汇报》发表署名周铁钧的文章《胡愈之与首部〈鲁迅全集〉出版》,透露以下细节:"1936年11月,胡愈之向上海地下党组织汇报了编辑出版《鲁迅全集》的想法,党的负责人刘少文等商议后表示:在国家和民族处在生死存亡的关头,迫切需要用鲁迅精神来唤起民众,支持抗战,要动员、利用一切力量,尽快组织出版《鲁迅全集》。"文中还写道:

> 1938年4月,《鲁迅全集》出版工作正式启动,纷繁、复杂的事务让胡愈之忙得不可开交:每一页校对完的清样都要由他终审;铅字需要量巨大,他要四处采购铸字用的铅锭;当时上海食品奇缺,有钱也难买到粮食,工人们请求:宁可少赚工钱,也要每天供应三餐,哪怕米粥窝头,吃饱就行,他又得多方奔走买粮食。这时,党组织通过关系为"复社"搞到5000斤大米,胡愈之马上发给每位工人50斤。久旱甘霖般的粮食极大地调动了工人的积极性,出版进度突飞猛进。

其中的细节也许还可以进一步进行精确化讨论，但毫无疑问，《鲁迅全集》的编辑出版，从一开始就与中国共产党的支持分不开。

《档案春秋》二○一七年第二期发表金洪远的文章《王任叔与初版〈鲁迅全集〉》，其中谈道：

> 1938年，中共地下党为领导上海抗日救亡文化运动，成立了"文化工作委员会"，其中一项重要工作就是编纂出版《鲁迅全集》。受共产党的委派，担任共产党地下文委负责人之一的王任叔参加了这项工作。为了对付国民党的破坏，由蔡元培和宋庆龄分别担任"鲁迅纪念委员会"的正副会长。考虑到"孤岛"环境十分险恶，《鲁迅全集》的整个编辑工作都是在半秘密的状态下进行，中共党员王任叔就是负有实际责任的负责人之一。

经过多方努力，《鲁迅全集》于一九三八年六月始逐步出版印行。出版方由胡愈之等人创办的"复社"担任。"复社"作为一家并不正式的"出版机构"，在书籍出版方面却出手不凡。在《鲁迅全集》之前"复社"出版过埃德加·斯诺的《西行漫记》，之后又曾出版过毛泽东的《论持久战》。由于参与其中的各方人士日以继夜地工作,加上胡愈之特殊的运作方式,二十卷本的《鲁迅全集》不但在出版速度上快得惊人,而且在出版经费上也提前得到了保证。受《西行漫记》出版、发行方式的启发,《鲁迅全集》从印制规格到营销模式,都具有创新特色。

印制方面,为了既要实现普及鲁迅作品、达到唤醒民众的作用,又能够为出版印制筹集到足够资金,"主创团队"成员胡愈之、王任叔等将全集设计为甲、乙、丙三种不同规格。正如胡愈之的弟弟,也是"团队"成员之一的胡仲持所说:"不到四个月,《鲁迅全集》的三种版本都出齐了,甲种纪念本重磅道林纸印,封面皮脊烫金装楠木箱,预约价每部国币一百元。乙种纪念本重磅道林纸印,封面红布烫金,预约价每部国币五十元。普及本白报纸印,封面红纸布脊,预约价每部国币八元。"(《〈鲁迅全集〉出世的回忆》)甲、乙两种纪念本总共只印了二百套,并作一至二百编号。其中楠木箱上刻印了蔡元培题写的"鲁迅全集"四字。销售方面,充分利用各种人脉预约出售。每到一地,就举行茶话会,邀请各界人士购买预售书券。比如在武汉,时任国民党中央宣传部长的邵力子,自费花一千元钱订购了十部。当时在武汉主持八路军办事处的周恩来对《鲁迅全集》出版极为关心,办事处预订了许多部。而普及本也是通过预订发售,情况十分乐观。这里需要说明的是,网络上时有一种声音,认为《鲁迅全集》的出版得益于国民党高层的认可,国民党中央宣传部部长邵力子以一天时间审查批准、又亲自出钱预购即是证明。我们说,国民党内部的开明人士给予过帮助是事实,但邵力子却未必应算在其中。因为,邵力子支持《鲁迅全集》出版,一是因为他与鲁迅同为绍兴人,二是邵的成长道路中对鲁迅的崇拜早已铭刻在心,三是邵本人一九二〇年就与陈独秀等在上海创建马克思主义研究会,后成为中共党员。作为国民党和共产党的"双重"党员,邵力子一生从未动摇过革命立场。

《鲁迅全集》就这样在国家危难和国民党公开禁止的情形下奇迹般地神速出版了。全集在广大的解放区产生了影响。当然,综合各种条件,在延安还很难见到《鲁迅全集》。有记述称,是胡愈之把编号为〇五八的一套纪念本《鲁迅全集》交上海党组织转延安的党中央(周铁钧《胡愈之与首部〈鲁迅全集〉出版》)。毛泽东在延安窑洞的照片上,确可见到有三本《鲁迅全集》置于案头。而延安"解放社"于一九四〇年鲁迅逝世四周年之际,曾根据全集编选了一套《鲁迅论文选集》(新华书店晋察冀分店印行)。一九四一年纪念鲁迅逝世五周年之际，又出版由刘雪苇编选、张闻天主持并作序的《鲁迅小说选集》。一九四八年，东北解放区在大连翻印了一九三八年版的《鲁迅全集》，版权页注明"东北版初版发行三千五百部"，同时注明"一九三八年六月十五日上海初版"。这些举措都可以见出鲁迅作品在解放区的广泛影响。

## 新中国成立后的《鲁迅全集》出版

一九四九年十月新中国成立后，中央政府非常关心鲁迅作品的整理和出版，很快就成立了鲁迅著作编刊社，后并入一九五一年成立的人民文学出版社，一九五八年正式出版了十卷本《鲁迅全集》。这其中，冯雪峰功不可没。

冯雪峰是鲁迅的学生，是新中国成立后整理鲁迅作品出版最重要的人物。新中国成立之初的一九五〇年，为了更好地整理鲁迅著作，当时的出版总署决定在上海建立鲁迅著作编刊社，专事校订出版鲁迅著作，并聘请鲁迅先生的学生和战友冯雪峰担任总编辑。一九五一年，冯雪峰又受命组建人民文学出版社，鲁迅著作编刊社于是迁移到北京，并入人民文学出版社，成为鲁迅著作编辑室。人民文学出版社自建社起就致力于鲁迅作品的编辑出版工作。一九五一年秋,《呐喊》《彷徨》等二十余种单行本相继问世,接着又出版《鲁迅小说集》《鲁迅选集》两卷本,以及许广平、冯雪峰、许寿裳等回忆鲁迅的专著十余种。一九五八年底,推出十卷本《鲁迅全集》,之后又编印了十卷本《鲁迅译文集》,这是继一九三八年《鲁迅全集》出版之后,全面系统整理出版鲁迅著作的第一个注释本,成为新中国出版史上的盛举。这一版的《鲁迅全集》与一九三八年版最大的不同,是增加了注释。编辑、出版的专业性大大增强,也因此奠定了人民文学出版社出版鲁迅著作的专业权威地位。

专业的人做专业的事,正是人民文学出版社从一开始就确立的原则。正如现任社长臧永清在二〇二一年九月二十五日纪念座谈会上所说:"从积极参与1938年版《鲁迅全集》编辑、校对工作的王任叔先生,到主持鲁迅著作编刊社、起草《鲁迅著作编校和注释的工作方针和计划方案》,调集王士菁、孙用、杨霁云、林辰等鲁迅研究专家,主持与领导完成1958年版《鲁迅全集》出版的冯雪峰,以及后来的几代文人,都是一代又一代接着前辈的接力棒全身心投入鲁迅全集的编辑出版工作,传播鲁迅精神之火。自1950年10月19日起,鲁迅著作的编辑出版尤其是《鲁迅全集》的编辑出版工作,始终是一项国家工程。"

一九五八年版之后，人民文学出版社又先后出版了一九八一年版、二〇〇五年版《鲁迅全集》。可以说，历次版本的《鲁迅全集》，都是在党和政府的高度重视、直接领导下完成的。一九八一年版的《鲁迅全集》，在改革开放的新时期出版，是迄今仍然被学界广泛公认的版本，注释的专业水准和客观程度，在改革开放初期实属不易。事实上，这一版的《鲁迅全集》出版工作，早在"文革"结束前，在毛泽东的认可和中央的批准下就启动了。

一九七二年二月十一日，国务院文化组组长吴德口头通知出版口负责人，说："中央领导同志要看《鲁迅全集》。现在的本子太小，想用中国古装本的形式，用线装，字大点，每本不要太厚，一本一本出，出一本送一本。"十五日、十六日，他又对出版口写的报告作答复：《鲁迅全集》用解放后的版本排，内容和注释全不动，并说"要集中力量突击这套书，其他任务往后拖一拖，这是主席交的任务"。

一九七五年十一月一日，毛泽东阅邓小平十月三十一日报送的鲁迅之子周海婴关于鲁迅著作的研究和出版问题的来信。周海婴信中提出：

一、将戚本禹过去从文化部保险柜弄走的全部鲁迅书信手稿一千多封，交给国家文物局负责保护收藏，由文物局负责全部影印出版，同时由出版局负责编印一部比较完备和准确的鲁迅书信集。

二、现在继续编辑出版一部比较完善的新的注释本《鲁迅全集》，需要动员一些认识和熟悉鲁迅的老同志来参加工作。

三、将1958年下放北京文化局的鲁迅博物馆重新划归国家文物局领导，在该馆增设鲁迅研究室，调集对鲁迅研究有相当基础的人员，请一些对鲁迅作品熟悉了解的老同志做顾问，除和出版局共同负责《鲁迅全集》的注释外，专门负责鲁迅传记和年谱的编写工作。

毛泽东批示："我赞成周海婴同志的意见，请将周信印发政治局并讨论一次，作出决定，立即实行。"（《毛泽东年谱》第6卷）毛泽东主席逝世前，为鲁迅及鲁迅研究做的最后一件事，就是促成启动了《鲁迅全集》的编、注工作。一九八一年出版的《鲁迅全集》，就是这次批示的直接结果。那次编辑工作的启动，拯救了全国很多相关的文化人士，改变了他们的命运。可以说，这种改变是早于粉碎"四人帮"的。

华东师范大学教授、中国现代文学史料专家陈子善就有相关的回忆，谈到这次编注工作对他个人的影响："那时也是'四人帮'倒台前夕，我们学校参与了鲁迅著作的注释工作……也是为了工作需要，从这时候开始，我就不断地查找史料，采访前辈作家，和前辈学者在一起工作、交流等，走上史料研究的道路。""也正是这个经历，让我有机会认识了很多前辈作家、学者，和他们在一起工作，学习他们对待学问的严谨态度、做学问的方式，包括待人接物等。"（王贺《中国现代文学文献学的自觉——陈子善研究员访谈录》，《文艺研究》2019 年第10 期）

## 毛泽东、周恩来与《鲁迅全集》

中共领导人中，有多位表达过鲁迅精神、鲁迅著作对他们的影响。毛泽东、周恩来就是突出代表。

毛泽东向往鲁迅，也向往拥有《鲁迅全集》。一九三八年一月十二日，他在给艾思奇的信中说："我没有《鲁迅全集》，有几本零的，《朝花夕拾》也在内，遍寻都不见了。"当时《鲁迅全集》还未出版。同年 8 月，二十卷《鲁迅全集》出版后，毛泽东通过上海地下党辗转得到了一套纪念本。也有说毛泽东得到的是从八路军办事处运往延安的一套精装本。一九四二年七月二十五日，毛泽东出席中共中央政治局会议，会议讨论了出版工作。针对稿件缺少的问题，毛泽东说："最近经验，少而精的东西还能看而且有益，多了无法看。有富裕的排印时间，可印《鲁迅全集》《海上述林》、小说、吕振羽的《中国政治思想史》。"当然，限于条件，延安没有印行《鲁迅全集》。

周恩来则视自己是鲁迅的同乡同族，对鲁迅有着特殊感情，同样也对鲁迅作品十分热爱，对《鲁迅全集》的出版十分关注。一九七二年，美国总统尼克松访问中国，这是举世瞩目的大事。而周恩来赠送尼克松的礼物，就是一套《鲁迅全集》。为此，他曾派人到人民文学出版社要求设法解决。几经周折，最后还是从北京鲁迅博物馆的库存中找到一套一九三八年版的纪念本赠送。此事引出的后续故事，则是一九七三年实施了根据一九三八年版《鲁迅全集》简体、横排版的重印。

可以说，《鲁迅全集》从启动开始就不是一个简单的文学出版行动。各种政治力量的介入，对《鲁迅全集》的出版形态产生过很多直接、间接的影响。新中国成立后，《鲁迅全集》的编辑、出版，尤其是注释力量的组织，也都是在党和政府的重视、关心和领导下开展的。过程中也有教训和改正,但很多方面不但具有历史时期的超前性,而且具有作家著作出版的超规格性。《鲁迅全集》的校勘、校对、注释之谨严,收集作品之全面和甄别之慎重也是文学出版中最具典范性的例证。

《鲁迅全集》是中国文学出版史上一项具有特殊意义的国家工程。在八十多年的历史中,《鲁迅全集》发挥着不可替代的启迪人心的重要作用。是火炬,是指针,关乎中国的未来前途,彰显着文学的伟大力量。正如许广平在《〈鲁迅全集〉编校后记》中所说,出版《鲁迅全集》的迫切性在于:"而先生以一生心血,从事于民族解放的业绩,又岂忍其久久搁置,失所楷模。"

鲁迅作品的永恒价值,有力地证明许广平所强调的观点:纸张寿于金石!

# 鲁迅:思想、革命、文学的抉择

本部分内容从三个方面论述了鲁迅一生思想与创作,以及参与社会革命的特点,分析了三者之间构成的复杂关系。回应了关于鲁迅文学成就究竟何在,参与社会革命的方法策略,以及在思想上体现出的深邃性等问题。试图打开认识鲁迅的思考维度,为树立鲁迅的当代形象提出自己的观点和看法。

谈论鲁迅是如此困难,哪怕要说出一丝半点琢磨好的"新意",也得罗列出一大堆例证,讲清楚与以往各种评说的不同,才能小心翼翼地推出自己的看法。没有这样的逻辑过程,谈鲁迅是浅薄、单薄而没有说服力的;有了这样的繁复过程,那自以为是的一丝半点新意,又常常淹没在漫长的论证过程和引言当中,很少能得到别人的认知。

或者,自己的看法本来就没有什么新意可言,只是阅读鲁迅原著时常有所感,阅读研究论文过程中又想与之讨论造成的某种心理冲动而已。但的确,在庞大的鲁迅研究背景之上,在鲁迅形象不停地被翻转的情形下,关于鲁迅,仍然有很多基本的问题有待不断地评说。

今天,我就想谈谈这样一个话题:鲁迅究竟是怎样一个存在。

说他是文学家,也有人说,不是连长篇小说都没有么;

说他是革命家,也有人质疑,鲁迅为什么不骂蒋介石;

说他是思想家,更有人会问,他的思想是什么,表达其哲学观的哲学论文是哪几篇。

是的,我们经常会遇到这样的问题,在学术讲座的互动环节,在论文电子版的留言当中,在很多正式的文章,非正式的自媒体上,关于鲁迅的讨论并不会随着数量的增加、人数的增多而深入,而趋于意见一致,反而越来越走向平面化、表面化。但这些问题并非不值得、不需要研究者去面对。经常有学者会面对读者、听众类似的提问,直接的、简单的回答也许可以是"理那些瞎说干什么"。但这终究无法有助于解释任何疑惑。

我当然不可能提供什么终结性的答案,但也想就如何理解鲁迅形象谈一点自己的看法。

早在一九四〇年,毛泽东在《新民主主义论》一文中就指出:"鲁迅是中国文化革命的主将,他不但是伟大的文学家,而且是伟大的思想家和伟大的革命家。"

几十年来,这几乎是对鲁迅形象定位的定论,而且普遍认为,比起其他同时代的文学家,思想家和革命家是鲁迅多出来的身份与荣誉。三种组合,的确可以构成一个完整的鲁迅形象,而且明显有别于其他的作家。但这三个称号不能完全等同于叠加,它们相互之间的关联和互动关系有必要加以强调。

鲁迅对文学的艺术的追求,与他在现实中遇到的社会斗争及短兵相接的战斗,与他个人的深邃、复杂的思想之间,形成一种相互纠缠,相互纠结,此起彼伏,波动不居的关系。理解鲁迅生命历程和鲁迅思想,阅读和阐释鲁迅作品,这三者之间构成的复杂关系,的确是一个重要的角度。

回答好这些问题,不但对认识鲁迅,而且对认识中国现代文学、文化,都是十分重要的。


## 不追求"纯文学"的文学家

先来看看鲁迅本人的文学观。

作为文学家的鲁迅，他的文学观十分复杂。分析构成其文学观的重要支点，是我们理解鲁迅文学观的主要根据。

　　对文学的功用和价值，从弃医从文那天起，鲁迅就已经认定而且从未放弃。青年时期向往并相信"摩罗诗力"，真正走上文学道路后，依然相信"文艺是国民精神所发的火光，同时也是引导国民精神的前途的灯火"（《鲁迅全集》第1卷第254页）。鲁迅终其一生的事业就是写作，无论他的文学观发生怎样的变化，从未放弃过读书写作本身。即使在他说出"文学是最没有用的，一首诗吓不走孙传芳，一炮就把他打跑了"的时候。

　　鲁迅的文学观里，最重要也是最根本的一条，是强调文学的社会功用。在他的心目中，没有离开现实社会的"纯文学"。文学的功用有时并不在其自身的高雅、风雅，而是其对社会、人生具有精神引领的作用。哪怕是写作者只为一己之利而写，那也是他参与社会的明证。在《魏晋风度及文章与药及酒之关系》中，鲁迅通过对中国古代诗人的评价，证明了作家无论是自觉还是不自觉，主动还是被动，都不可能离开他所生活的时代和社会。这既是作家主观上表现出来的，也是文学本身的性质决定的。"据我的意思，即使是从前的人，那诗文完全超于政治的所谓'田园诗人'，'山林诗人',是没有的。完全超出于人间世的,也是没有的。既然是超出于世,则当然连诗文也没有。诗文也是人事,既有诗,就可以知道于世事未能忘情。"(《鲁迅全集》第3卷第538页)反对贵族式的风雅是鲁迅一贯的文艺观。"文艺家自惊醒了所谓'象牙之塔'的梦以后,都应该跟着时代环境奔走;离开时代而创造文艺,便是独善主义或贵族主义的文艺了。"(《鲁迅全集》第4卷第79、80页)事实是,文艺不可能脱离时代而独善其身,贵族主义不过是一种梦幻和自以为是而已。鲁迅对陶渊明多有评价,而评价最集中的一个观点就是,陶渊明的"悠然见南山"并非真正的超脱,一样是在其温饱前提下的抒怀。"但《陶集》里有《述酒》一篇,是说当时政治的。这样看来,可见他于世事也并没有遗忘和冷淡,不过他的态度比嵇康阮籍自然得多,不至于招人注意罢了。"(《鲁迅全集》第3卷第538页)

那么,是不是鲁迅就只是视文学为表现和认识社会的工具而不讲文学性呢?正相反,成天把革命文学的口号挂在嘴上,创作却乏善可陈,只求革命的文学是非文学。尤其是到了二十世纪二十年代末,鲁迅与创造社、太阳社诸人因革命与文学问题产生论争,让他进一步深入思考二者之间的关系,客观上也让他的文艺观更加全面、丰富。他说:"在现在,离开人生说艺术,固然有躲在象牙塔里忘记时代之嫌;而离开艺术说人生,那便是政治家和社会运动家的本相,他们无须谈艺术了。由此说,热心革命的人,尽可投入革命的群众里去,冲锋也好,做后方的工作也好,何必拿文艺作那既稳当又革命的勾当?"

他反对只把文学当作革命的工具而不讲艺术规律,不讲艺术本身的要求。"我相信文艺思潮无论变到怎样,而艺术本身有无限的价值等级存在,这是不得否认的。这是说,文艺之流,从最初的什么主义到现在的什么主义,所写着的内容,如何不同,而要有精刻熟练的才技,造成一篇优美无媲的文艺作品,终是一样。"对于创作者而言,"他们有表现或刻划的才技,他们便要如实地写了出来,便无意地成为这时代的社会的呼声了。然而他们还是忠于自己,忠于自己的艺术,忠于自己的情知。"(《鲁迅全集》第4卷第79、80页)

他强调"精刻熟练的才技"对于艺术的重要,甚至认为,从事文艺创作的人,有时会在无意中艺术地触及到社会时代,即使是在意识上不自觉的,在表现上也不激烈和引人注意(如陶渊明),一样也在其中流露出于时代生活及政治的态度。在强调文艺自身规律的同时,又反证了文艺与时代的关系。

鲁迅对于文艺与时代和社会的关系，自有其深刻的思考，在总体一致的同时，也有随时代与文艺的发展而变化的多样复杂。

鲁迅对自己的创作多有自我评价，这些评价里一样透露着他的文学观。这种现身说法，更可直接见出他对文学创作的态度。

总体上说，他从不把自己的创作视作"纯文学"（借用一下当代文学的概念）。

我们都知道鲁迅有"遵命文学"说。他从开始就没有打算做一个优雅的、纯粹的文学家，没有打算在象牙塔里优哉游哉的想法。这一点，从他对自己作品在体裁上的定位即可见出。

鲁迅从来不把自己的作品视作某种纯而又纯的文学，因为创作目的和读者目标的不同，他对自己的作品在文学理论里叫什么，属于不属于其中的一部分并不关心，甚至自己的作品属于哪种体裁都无关紧要。比如对自己的小说，他说："这便是最初的一篇《狂人日记》。从此以后，便一发而不可收，每写些小说模样的文章，以敷衍朋友们的嘱托，积久就有了十余篇。""这样说来，我的小说和艺术的距离之远，也就可想而知了，然而到今日还能蒙着小说的名，甚而至于且有成集的机会，无论如何总不能不说是一件侥幸的事。"(《鲁迅全集》第 1 卷第 441—442 页)"现在才总算编成了一本书。其中也还是速写居多，不足称为'文学概论'之所谓小说。"(《鲁迅全集》第 2 卷第 354 页)不难看出，"小说模样的文章""蒙着小说的名""不足称为'文学概论'之所谓小说"，都是在"小说"之前加以并不确认的限定，这种表述绝非偶然，也并不完全是谦虚，实是透视鲁迅创作观的一个侧面。

鲁迅对自己其他方面的创作，也一样采取这种略带"解构"意味的表述。《朝花夕拾》是公认的记事散文合集，鲁迅自己却认为其中的作品"文体大概很杂乱"。(《鲁迅全集》第 2 卷第 236 页)对于自己的无论新旧体诗歌，鲁迅更是要推却诗人头衔。"只因为那时诗坛寂寞，所以打打边鼓，凑凑热闹；待到称为诗人的一出现，就洗手不作了。"(《鲁迅全集》第 7 卷第 4 页)关于散文诗集《野草》："有了小感触，就写些短文，夸大点说，就是散文诗，以后印成一本，谓之《野草》。"(《鲁迅全集》第 4 卷第 469 页)

总之就是，鲁迅每每总要为自己的创作在体裁前面加上一个略具消解意味的限定。我过去评说这些表述时，只强调这是鲁迅的一种谦虚。这当然是的确的，但除此之外也是鲁迅的文学观、创作观所决定的。鲁迅是中国现代杂文的开创者和集大成者。鲁迅对杂文文体始终持辩护态度。他的辩护里,含着对杂文匕首投枪作用的坚持,并不打算得到文人学者赞许的笃定。"有些人们,每当意在奚落我的时候,就往往称我为'杂感家',以显出在高等文人的眼中的鄙视。"(《鲁迅全集》第4卷第3页)

鲁迅的作品,即使是体裁意义上讲,都极具开创性和"标准"价值。但我们必须说,这些认定是时人和后来的研究者确认的,鲁迅自己更多地称自己的各类作品为"文章",并没有特别强调在艺术上的优先地位。这不仅仅是一种谦词,而是鲁迅文学观及写作目的在创作上的体现。鲁迅说:"所以我的一点应时的浅薄的文字,也应该置之不顾,一任其消灭的;但几个朋友却以为现状和那时并没有大两样,也可以存留,给我编辑起来了。这正我所悲哀的。"

这"悲哀"如何读解?正是鲁迅认定的,只要自己文章中所批判的积弊得以消灭,自己的文章也应当随之速朽。之所以还被留下来甚至入史,那实在也是所指问题依然存在的旁证。这正是最让人悲哀的一件事。

一切论说都指向一个论点:鲁迅是一位并不追求"纯文学"但又特别重视文学创作的艺术性的文学家。

## 不主张无谓牺牲的革命家

鲁迅是革命家。这是后来者给他的命名,且随着鲁迅声誉的不断增长而被确定下来。如何理解作为革命家的鲁迅,其实历来存在着分歧。鲁迅在世时,文学革命家们却经常会以失望的、不满的态度批评鲁迅不够革命。鲁迅的论辩并不全是同现代评论派展开,而且也要同革命文学家们争论。

从青年时期起,鲁迅就是革命的向往者和践行者。这一点可以说终生都未动摇和改变。他评人论事特别注重从对待革命的态度上来看待。鲁迅在《关于太炎先生二三事》一文中,对自己的恩师章太炎的评价,事实上就是坚持现实的革命观所得出。"太炎先生虽先前也以革命家现身,后来却退居于宁静的学者,用自己所手造的和别人所帮造的墙,和时代隔绝了。纪念者自然有人,但也许将为大多数所忘却。""我以为先生的业绩,留在革命史上的,实在比在学术史上还要大。"(《鲁迅全集》第6卷第565页)为国家民族而投身于革命,在唤醒民众精神上做出最大努力,这是鲁迅矢志不移的立场和志向。

但我这里想强调的一点是,鲁迅在为革命呐喊的过程中,始终有一条充满复杂思考和人间亲情友情关怀的认知,即他反对在革命的进程中做无谓的牺牲,更反对打着革命的旗号诱惑他人尤其是青年去付出生命的代价。鲁迅当然是支持并爱护青年投入革命当中的。"我早就很希望中国的青年站出来,对于中国的社会,文明,都毫无忌惮地加以批评。"(《鲁迅全集》第3卷第4页)但他也深刻地认识到,"改革则自然常不免于流血,但流血非即等于改革。血的应用,正如金钱一般,吝啬固然是不行的,浪费也大大的失算。"(《鲁迅全集》第3卷第298页)

这里的"浪费",尤以单纯的青年受人蛊惑而无谓地牺牲生命。那些自己躲在享福的地方,蛊惑别人去革命的大有人在。"自然,中国很有为革命而死掉的人,也很有虽然吃苦,仍在革命的人,但也有虽然革命,而在享福的人。"(《鲁迅全集》第4卷第97页)。他反对这样做,也警醒青年要有自觉的意识。"所以我想,在青年,须是有不平而不悲观,常抗战而亦自卫,倘荆棘非践不可,固然不得不践,但若无须必践,即不必随便去践,这就是我之所以主张'壕堑战'的原因,其实也无非想多留下几个战士,以得更多的战绩。"(《鲁迅全集》第11卷第16页)"对于社会的战斗,我是并不挺身而出的,我不劝别人牺牲什么之类者就为此。"(《鲁迅全集》第11卷第16页)鲁迅在杂文《牺牲谟》里活画了一副专门鼓惑别人牺牲,自己却在享福中夸夸其谈的虚伪者的嘴脸。"我最佩服的就是什么都牺牲,为同胞,为国家。我向来一心要做的也就是这件事。你不要看得我外观阔绰,我为的是要到各处去宣传。社会还太势利,如果像你似的只剩一条破裤,谁肯来相信你呢?所以我只得打扮起来,宁可人们说闲话,我自己总是问心无愧。"(《鲁迅全集》第3卷第35页)

鲁迅自己,则信守这样的原则:"我们无权去劝诱人做牺牲,也无权去阻止人做牺牲。"(《鲁迅全集》第1卷第170、171页)"但倘若一定要问我青年应当向怎样的目标,那么,我只可以说出我为别人设计的话,就是:一要生存,二要温饱,三要发展。有敢来阻碍这三事者,无论是谁,我们都反抗他,扑灭他!"但鲁迅对此是有自己解释的。"可是还得附加几句话以免误解,就是:我之所谓生存,并不是苟活;所谓温饱,并不是奢侈;所谓发展,也不是放纵。"(《鲁迅全集》第3卷第54—55页)这里的发展,就应当包含着现实的革命,为此而战斗甚至牺牲。

同时还应看到,随着对社会现实的认识,鲁迅的革命观也有变化、发展和深邃的过程。其中一点就是,从青年时期的崇尚"摩罗诗力",到后来的强调韧性的战斗。因为现实太难改变,单纯的热血很容易冷却,信念也会发生动摇。认识到革命的艰难,才能做出正确的革命行动的抉择。所以他强调现实的中国"正无需乎震骇一时的牺牲,不如深沉的韧性的战斗"(《鲁迅全集》第 1 卷第 170、171 页)。

鲁迅的革命和战斗不是盲动,却也不是因怯懦而退却,他清醒地知道,自己所能做的和应该做的,同时强调,斗争必须同时也要讲究策略和方法。

冯雪峰回忆说,1930 年左右,"我们曾经希望他写些宣传当时政治口号的文章",鲁迅则表示:"弄政治宣传,我到底不行的;但写些杂文,我比较顺手。"(《冯雪峰全集》第 4 卷第 144、149 页)通过写作投身和参与革命,鲁迅也一样自己的判断。"但在创作上,则因为我不在革命的漩涡中心,而且久不能到各处去考察,所以我大约仍然只能暴露旧社会的坏处。"(《鲁迅全集》第 6 卷第 19 页)

这里还想部分回应一下鲁迅为什么不骂蒋介石的问题。陈漱渝先生新近在《新文学史料》(2022 年第 2 期)上发表的《鲁迅与蒋介石》一文正面回应了这一问题。如果从鲁迅的斗争策略角度讲,还可以进一步以史料来证明鲁迅的初衷。冯雪峰曾说,"一九三○年夏天,李立三同志约他(鲁迅——本文注)见面谈话,他们两人讨论过关于鲁迅先生自己的战斗任务和方法问题。"(《冯雪峰全集》第 4 卷第 144、149 页)这次发生在当

年 5 月 7 日的会面内容,后来者的回忆也各有所说,我以为鲁迅三弟周建人的说法基本符合鲁迅的本意:

> 鲁迅同我讲过他见过一次李立三。他说:"李立三找我去,我去了。李立三说:'你在社会上是知名人物,有很大的影响。我希望你用周树人的真名写篇文章,痛骂一下蒋介石。'"
>
> 我说:"文章是很容易写的。蒋介石干的坏事太多了,我随便拣来几条就可以写出来。不过我用真名一发表文章,在上海就无法住下去了。"
>
> 李立三说:"这个问题好办!黄浦江里停泊着很多轮船,其中也有苏联船,你跳上去就可以到莫斯科去了。"
>
> 我说:"对,这样一来蒋介石是拿我没办法了。但我离开了中国,国内的情况就不容易理解了,我的文章也就很难写了,就是写出来也不知在什么地方发表。我主张还是坚守阵地,同国民党进行韧性战斗,要讲究策略……'"

（转引自葛涛《从新发现的史料谈李立三鲁迅的会见》,《博览群书》2009 年第 8 期）

我们从《记念刘和珍君》等文章中可以知道,鲁迅对待革命,尤其是青年的战斗,是十分强调方法和策略,而非一味鼓惑人去做无谓的牺牲。但到自己该挺身而出时,他却从不退避。杨杏佛被国民党暗杀后,鲁迅不顾被通缉的风险,将钥匙留在家里毅然前去送别即是一例。

如何理解作为革命家的鲁迅,是一个深广的课题。而我在这里只取一端,试图说明其中的复杂面向。

## 没有哲学体系的思想家

我时常会跟朋友谈到这样的话题:究竟能不能说鲁迅是一位思想家或哲学家?

人们总是说从鲁迅作品中获得思想,感受到鲁迅思想的深邃。但鲁迅的思想精髓要义到底是什么?

如果说他是一位现代中国的哲学家,他的哲学著作是哪一部,他的思想集中体现在什么地方?

回答这样的问题的确很难。鲁迅自己说过:"但我并无喷泉一般的思想,伟大完美的文章,既没有主义要宣传,也不想发起一种什么运动。"(《鲁迅全集》第1卷第298页)

哲学体系的建构,他连想都没有想过。

他说:"至于'思想界的权威者'等等,我连夜梦里也没有想做过,无奈我和'鼓吹'的人不相识,无从劝止他,不像唱双簧的朋友,可以彼此心照;况且自然会有'文士'来骂倒,更无须自己费力。我也不想借这些头衔去发财发福,有了它于实利上是并无什么好处的。"(《鲁迅全集》第3卷第243页)这就说得更透彻了。不但不想,而且厌恶。

那怎么还能说鲁迅是思想家呢?或者至少说,他对中国现实、历史、文化以及国民性的揭示入木三分,但要上升到普遍的哲学的思想,未免太牵强了吧。这涉及到一系列庞大问题的话题。

我这里简要地谈一下自己的看法。

鲁迅是思想家,他的思想同时也闪现着哲学的光芒。虽然并没有体系建立,却明显可以感受到一以贯之的坚持。后人的总结也许永远达不到他自身的丰富和深刻,但基本认知应该是完全可以成立的。

从哲学上讲,鲁迅是中国最早的、也是典型的具有成熟的存在主义哲学思想的人。他的思想无论在思考社会人生的层面上,还是在表达的方法上,都与存在主义哲学家具有最大程度的相似与吻合。

首先,鲁迅是介绍存在主义哲学代表人物克尔凯郭尔到中国的第一人。一九〇七年所作文言论文《文化偏至论》

中指出:"至丹麦哲人契开迦尔(即克尔凯郭尔)则愤发疾呼,谓惟发挥个性,为至高之道德,而顾瞻他事,胥无益焉。"(《鲁迅全集》第1卷第52页)同时还介绍了尼采、叔本华等具有存在主义色彩的哲学家。鲁迅对这些人物的思想和文章似乎有一种天然的亲近和认同。俄罗斯文学家陀斯妥耶夫斯基被认为是重要的存在主义哲学家之一,鲁迅则对其给予极高评价,认为他是"人的灵魂的伟大的审问者"(《鲁迅全集》第7卷第105—106页)。

存在主义是最具文学性的哲学。《存在主义》一书的编者考夫曼曾在其前言中指出:"存在主义不是思想上的一个学派,也不可以归属于任何一种主义。""将传统哲学视为表面的、经院的和远离生活的东西,而对它显然不满——这就是它的核心。"(《存在主义》第1页)这种反传统哲学的姿态,同时也体现在文体上。因为它极度强调个人,每一个思想者都从自己的生命体验出发谈论个人、世界和宇宙。存在主义哲学家同时也多是文学家。克尔凯郭尔的哲学著作有时是寓言,有时是散文,深奥的论述中,充满了个性化的感悟和体验。陀思妥耶夫斯基、萨特、加谬,以及波特莱尔、王尔德,等等,首先或最主要是文学家。他们之间的差异比共性还要大。人们从他们的文学作品中发现了具有共鸣性的思想。

鲁迅一九一九年写下的《自言自语》里有一篇《古城》，故事的基本元素是鲁迅的构思，但主题的揭示中让人联想到克尔凯郭尔的哲学寓言《末日的欢呼》。一个小丑的真话被自以为是的人们当成笑话，生命在这笑话中毁灭。

到了创作的高潮期，鲁迅发表和出版了散文诗集《野草》。可以说，《野草》是集中表达鲁迅哲学观及其复杂思想的系列作品。《野草》里的好多篇什，都可以看到存在主义哲学家、文学家们的思想在其中的投影，更准确地说，是鲁迅与他们之间在思想上的相近与共振。分析《野草》一系列作品与屠格涅夫、波特莱尔、尼采、陀思妥耶夫斯基、王尔德的作品之间的关系，作家之间思想上的内在联系，文体上兼抒情、叙事、哲思于一体的共同性，以及鲁迅作品的独创性，都是值得深入探讨的话题。

但即使在存在主义的范畴内，鲁迅所做的也不是从哲学的角度去吸纳、认同和传播，而是在思想方法和表达上的共同性让人产生归类的想法。日本学者山田敬三就曾谈道："试图以一个固定的意识形态去认识鲁迅，恐怕只会遭到鲁迅本人的强烈拒绝。""鲁迅没有从一个经过欧洲哲学家理论化的现实存在哲学立志出发，而是独自展开了存在主义方式的思考。"（参见山田敬三《鲁迅：无意识的存在主义》中译本，第 6 页）这正好说明一个共同的观点，鲁迅是思想家但并不建构思想体系，其独立的思想与存在主义处于不谋而合的关系。而这种处于不同社会环境、不同历史时期的人们在思想上体现出某种共同性，本身也是存在主义哲学的重要特点。山田敬三使用了"无意识的存在主义"这一定义，来说明鲁迅的思想与其相近却并非师承。我以为，"无意识"一词的限定既能说明一些问题，却也容易引起误解。如前所述，存在主义哲学本身并非体系，都是思想家们人生体验的独特表达。不但是鲁迅，其他的思想家也同样如此。比如克尔凯郭尔与陀思妥耶夫斯基身处不同国家，年龄相差近百年，却在思想上达到某种一致。我们却不能说陀思妥耶夫斯基就是早期的"无意识的存在主义"。不谋而合正是存在主义的显著特征。

作为思想家的鲁迅与存在主义哲学家之间的区别，是鲁迅始终秉持着强烈的爱国主义感情，他思想上的个人性，与他对中国民族、历史、现实，对中国人的国民性的思考密切相关，相互交织，并以改造国民性为根本追求。这一点即使是在其最具存在主义哲学思想的作品也仍然可以感受得到。正是这种强烈的现实性和国家、民族意识，让一些研究者认为，既然"鲁迅在任何情况下都是依据现实情况，主动地选择自己的立场"，所以可以断言"鲁迅绝不是思想家"。（山田敬三）这就涉及到我们对思想家、哲学家这一身份的定位了。

鲁迅的中国观具有强烈的现实诉求，他对中国历史、现实以及中国人的庞大的、复杂的论述，既是他思想的一部分，也是其参与现实斗争的一部分，同时还是其文学主题的一部分（三大家互相交错，合为一个复杂体）。

瞿秋白说，鲁迅杂文中有一个突出特点，就是"反对自由主义"。这里的"反对自由主义"，就是指鲁迅痛恨并反对中庸，反对调和，反对以留情面的方式在斗争中留后路，搞变通，甚至以"二丑艺术"求安稳，以"精神胜利法"寻求自我安慰。这些关于现实问题的探讨里，分明具有很深的哲学思考。

鲁迅就是一位并没有建立思想体系和系统哲学的思想家。其丰富、复杂、深邃的思想蕴含在各类文学作品和著述当中。我们可以感悟、体会，并不断地将其进行自己的阐释。

以我轻浅的阅读，不成熟的思考，不到位的表述，想要说清楚鲁迅是不是思想家，是如何进行革命的革命家，以及是怎样的文学家,是不可能完成好的任务。但我相信这是一个开放的话题,值得长久言说下去。以上的文字只是各取其中的某一个侧面,初步表达我对相关问题的一点看法。冯雪峰认为:"可以说鲁迅是革命家,因为他的思想是革命的。也可以说他是思想家,因为他的革命思想,除了共产党之外,在中国可说是空前的。""从创作活动方面来说,鲁迅是个作家,虽然他一般意义上的创作在数量上并不很多,但把他的这不多的作品拿到世界上去,没有人能够否认他是一位伟大的现实主义作家。"(《冯雪峰全集》第6卷第309页)

这些通俗的论说很精确地证明了鲁迅终生所追求的事业和应该得到的声誉。在鲁迅的思想与艺术之间,乃至于同他参与现实的革命斗争之间,他在所有这些错综复杂的关系中所做出的抉择,以及他一生中所经历的种种变化、发展,过程中的经历、思想、情感的矛盾、冲突和复杂纠缠,都具有评说的无限性。这正是一位伟大的经典作家给我们提供的无尽的话题,也是他始终吸引我们的根本所在。